Die Vampirschwestern 3
Das Buch zum Film

Alle Abenteuer der Vampirschwestern:

Band 1: Eine Freundin zum Anbeißen
Band 2: Ein bissfestes Abenteuer
Band 3: Ein zahnharter Auftrag
Band 4: Herzgeflatter im Duett
Band 5: Ferien mit Biss
Band 6: Bissige Gäste im Anflug
Band 7: Der Meister des Drakung-Fu
Band 8: Bissgeschick um Mitternacht
Band 9: Ein Sommer zum Abhängen
Band 10: Ein Date mit Bissverständnis
Band 11: Vorsicht, bissiger Bruder!
Band 12: Ruhig Blut, Frau Ete Petete
Band 13: Finale Randale

Die Vampirschwestern – Das Buch zum Film
Die Vampirschwestern 2 – Das Buch zum Film

die Vampir Schwestern 3

Das Buch zum Film

Text von Nadja Fendrich

nach einer Idee von Franziska Gehm

Loewe

www.vampirschwestern.de

FSC
www.fsc.org
MIX
Papier aus verantwortungsvollen Quellen
FSC® C014496

ISBN 978-3-7855-8466-8
1. Auflage 2016

Innenillustration: Dagmar Henze

Umschlaggestaltung: Ramona Karl
Printed in Germany

www.loewe-verlag.de

Inhalt

Das Schwarze Schloss

Es war eine tiefschwarze Nacht – so dunkel und finster wie die Nächte nur in einem Land dieser Welt sein können. Ein Land, von dem seit Anbeginn der Zeit gruselige Geschichten erzählt werden. Wo die Wälder feucht und modrig sind. Die Tage kurz. Und die Nächte lang. Wo das fahle Mondlicht auf blasse Wesen scheint, die sich von Blut ernähren. Von frischem Blut. Menschenblut. Dieses Land heißt Transsilvanien und ist die Heimat der Vampire.

Über Jahrtausende hinweg kannte man hier nur einen Herrscher: Graf Dracula, Seine unverbesserliche Schrecklichkeit. Doch auch ein traditionsbewusstes Volk wie das der Vampire hat sich im Laufe der Jahrhunderte verjüngt. So folgten auf den alten Grafen viele andere Herrscher über Transsilvanien. Furchterregende und mächtige Herrscher. Zuletzt niemand Geringeres als Antanasia, Ihre unerhörte Schönheit. Tief verborgen im Wald stand ihr Schloss, das im Vampirmund nur Das Schwarze Schloss genannt wurde. Antanasia war ebenso mächtig, wie sie schön war, und ebenso stark, wie sie schlau war. Ihre Macht ging weit über die Grenzen Transsilvaniens hinaus bis in die entlegensten Zipfel der Erde. Sie wusste über jede noch so versteckt lebende Vampirfamilie Bescheid und eine davon hatte ihr ganz besonderes Interesse geweckt. Eine Familie, die in einem fernen Land lebte, das Deutschland hieß. Mit dieser Familie hatte Antanasia Großes vor und die Zeichen dafür standen günstig. Sehr günstig. Antanasia hob ihren langen weißen Finger und sogleich flatterte eine Fledermausbotin herbei und ließ sich darauf nieder. Die Fledermaus sah ihrer Herrscherin tief in die Augen. Antanasia beugte sich vor und flüsterte der Fledermaus etwas ins Ohr. Diese schloss kurz die Augen, breitete ihre Flügel aus und erhob sich geräuschlos. Sie flog eine Runde durch den prunkvollen Thronsaal des Schwarzen Schlosses und entschwand durch die verwinkelten Gänge in die Finsternis. Die Fledermaus flog in den dichten Wald Transsilvaniens und hinweg über raue Gebirge und rauschende Flüsse. Alles, was die Fledermaus sah – ein Wolfsrudel auf der Jagd, Vampire im Anflug auf ein einsam gelegenes Bauernhaus und das Licht des Mondes, das auf den Wellen der Flüsse tanzte –, konnte Antanasia durch ihr Monokel beobachten, welches sie stets an einer Kette um ihren Hals trug.

„Flieg weiter, flieg immer weiter!“, flüsterte Antanasia.

Und die Fledermaus flog immer weiter nach Westen. Der Morgen graute und die Fledermaus flog und flog, bis die Sonne hoch am Himmel stand. Über Wiesen und Täler, Wälder und Straßen. Erst als die Sonne schon fast wieder untergegangen war, flatterte die Fledermaus über ein paar Felder auf eine Stadt zu. Es war eine Stadt in Deutschland. Sie hieß Bindburg. Als die Fledermaus am Rande der Stadt auf ein Haus mit schiefen Fensterläden zusteuerte, richtete Antanasia sich gespannt auf. Das Haus stand im Lindenweg und hatte die Hausnummer 23. Es stand in einem romantisch verwilderten Garten und war über und über mit Efeu bewachsen. Die Fledermaus landete auf einem Fensterbrett im Erdgeschoss des alten Hauses und lugte neugierig hinein. Antanasia folgte dem Blick der Fledermaus und ihre Augen blitzten auf. Aus ihrem dunkelrot geschminkten Mund entfuhr ihr ein schreckliches Fauchen. Sie verzog ihre Lippen zu einem diabolischen Lächeln und entblößte ihre furchtbar spitzen Eckzähne …

Furzgranaten-Alarm

Dakaria und Silvania Tepes entblößten ebenfalls ihre Eckzähne. Aber nicht, weil sie wussten, dass sie beobachtet wurden, sondern weil ihre regelmäßige Dentiküre anstand. Die beiden Zwillinge standen vor dem großen Spiegel im Flur und feilten ihre Eckzähne. Dakaria, genannt Daka, musste sich dabei besonders anstrengen, denn ihr Spiegelbild war immer leicht verschwommen. Silvania strengte sich auch besonders an, aber vor allem deshalb, weil sie nicht wollte, dass jemand ihre langen spitzen Eckzähne bemerkte. Mit „jemand" waren die Menschen gemeint. Daka und Silvania waren nämlich waschechte Vampire. Oder besser gesagt: Halbvampire. Ihr Vater war Mihai Tepes, seines Zeichens stolzer Vampir aus der Vampirmetropole Bistrien in Transsilvanien. Dort war er vor mehr als 13 Jahren einer wunderschönen Frau mit wilden Wuschellocken, verträumten Augen und zartrosa Lippen begegnet. Das Verführerischste an ihr war ihr Duft gewesen. Unwiderstehlich für einen Vampir im schwarzen Saft seines Lebens. Mihai flopste sich an die unbekannte Frau heran (flopsen heißt übrigens nicht „ranmachen" im Sinne von „flirten", sondern sich in geradezu übermenschlicher Schnelligkeit von einem Ort zum anderen bewegen). Mihai flopste sich also hinter die Frau und tat, was ein

Vampir tun musste: Er biss zu. Doch anstelle von weicher Haut und warmem, süßem Blut schmeckte Mihai hartes, bitteres Plastik. Die Frau trug eine Halskrause, weil sie sich bei einem Sturz verletzt hatte. Sie blickte auf und sah dem Vampirmann in die Augen. Dunkle, verwegene Augen, die von einem Leben voller Gefahr erzählten. Mihai blickte in sanftmütige Augen, die von einem Leben voller Geborgenheit und Liebe erzählten. Er verliebte sich auf der Stelle in die Frau, die Elvira hieß. Und Elvira verliebte sich auf der Stelle in diesen Vampirmann, sodass sie bald Elvira Tepes hieß. Schon bald nach der Hochzeit bekamen Mihai und Elvira die Zwillinge Silvania und Dakaria. Die beiden Halbvampirinnen glichen ihren Eltern in vielerlei Hinsicht. Silvania hatte lange dunkelblonde Locken und kleidete sich gern verspielt mit Rüschen und Spitzenkleidern und sie war sehr menschlich, so wie ihre Mutter. Daka dagegen liebte schwarze Lederjacken, wild frisierte, kurze schwarze Haare und in ihr loderte viel wildes Vampirblut. Ganz wie in ihrem Vater. Obwohl sie so unterschiedlich waren, hielten die beiden Schwestern immer fest zusammen. Das war in Transsilvanien so und vor allem, seit sie vor einiger Zeit von Bistrien nach Bindburg gezogen waren. Die Eingewöhnung in Deutschland war nicht ganz leicht gewesen, weder für Daka noch für Silvania.

Silvania hatte sich riesig auf Deutschland gefreut, weil in ihr die menschliche Seite viel stärker war und sie diese hier voll ausleben wollte. Aber sie hatte feststellen müssen, dass sie eben auch ein halbes Vampirmädchen war und ein Neuanfang als volles Menschenmädchen nicht so einfach war.

Daka fand Deutschland von Anfang an langweilig. Alles war ihr zu ordentlich und niemand durfte wissen, dass sie Halbvampirin war. Sie durfte nicht fliegen, nicht flopsen und musste tagsüber in die Schule und nachts schlafen. Daka zog es immer wieder zurück nach Bistrien. Dennoch hatten die Vampirschwestern in Deutschland gute Freunde gewonnen. Allen voran Helene, das coolste Menschenmädchen aller Zeiten. Helene liebte Friedhöfe, Monstertattoos und hatte kein Problem mit Vampirfreundinnen. Na ja. Am Anfang war sie schon etwas erschrocken gewesen, aber da sie gerne flog, waren ihre Vorbehalte schnell verflogen (im wahrsten Sinne).

Und Helene hing gerne ab. Sie hatte nichts dagegen, dass die Vampirschwestern dies am liebsten kopfüber an einer Stange taten.

Außerdem liebte Helene Geheimnisse. Sie selbst trug ein Hörgerät, was niemand wissen durfte. Die Vampirschwestern waren Halbvampire, was auch niemand wissen durfte. Oder fast niemand. Und auch Ludo Schwarzer, der zu ihren Freunden gehörte, hütete ein Geheimnis. Er hatte die dunkle Gabe. Er konnte Dinge in der Zukunft sehen. Und sein Großvater war Ali Bin Schick, ein Zauberer. Geheimnisse verbinden.

Dagegen konnte Jacob Barton allerdings abstinken. An ihm war gar nichts Besonderes oder Geheimnisvolles, außer vielleicht, dass sein Vater Australier und seine Mutter, Franziska Barton, Autorin von Vampirromanen war. Und dass er Knoblauchbaguette mochte. Aber er hatte kein wirkliches Geheimnis. Außer vielleicht, dass er Silvania liebte. Das wussten aber alle. Und im Grunde war er damit doch etwas ganz Besonderes. Er war Silvanias Freund. Richtiger Freund. Mit Händchen halten und Küsschen geben.

Für Silvania war in Deutschland ein Traum wahr geworden, Knoblauchbaguette hin oder her. Sie hatte eine Menschenfreundin (Helene), einen Menschenfreund (Ludo) und einen Menschenfreundfreund (Jacob) gefunden.

Daka war mit den neuen Freunden in Deutschland zwar auch glücklich, aber sie sehnte sich nach wie vor mehr nach Vampiren. Sie war volle Blutwurstkanone verknallt in Murdo Dako-Apuseno, Sänger der obergrottenmuffencoolsten Band der Vampirwelt: Krypton Krax!

Vor Kurzem hatte sie Murdo sogar persönlich kennengelernt, als sie heimlich auf ein Konzert von Krypton Krax geflogen war. Krypton Krax hatte in Deutschland gespielt und Daka hatte vor der Bühne richtig abgerockt. Und dann war etwas passiert: Murdo hatte sie, Dakaria Tepes, auf die Bühne geholt! Nach dem Konzert durfte Daka dann sogar mit in den Backstagebereich und Murdo richtig kennenlernen. Murdo fand Daka auch obergrottenmuffencool. Er hatte einen Song für sie geschrieben und wollte sie sogar mit auf seine Welttournee nehmen. Im letzten Moment hatte sich Daka aber für ihre Freunde und ihre Familie und ihr Leben in Deutschland entschieden. Manchmal bereute sie das heimlich. Aber dann streichelte sie einfach Karlotta, Murdos Schleimtier. Karlotta hatte sich Herz über Schleim in Dakas Schleimtier, Karlheinz, verliebt. Und Murdo hatte Karlotta in Dakas Obhut gegeben, damit die beiden verliebten Schleimer zusammen sein konnten.

Nachdem die Vampirschwestern mit der Dentiküre fertig waren, gingen sie ins Wohnzimmer. Daka lief zum Schleimtier-Haus auf dem Fensterbrett und kraulte Karlheinz und Karlotta die glitschigen Bäuche, woraufhin diese genüsslich furzten. Das ist so eine Eigenart von Schleimtieren. Sie schleimen nicht nur, sie pupsen auch gern.

„Bin ich denn hier nur noch von Stinkern umgeben?“, beschwerte sich Silvania. Silvania hatte eine feine Nase, die nur bei Jacob eine Ausnahme machte, wenn er mal wieder Knoblauchbaguette gegessen hatte.

„Ist doch süß!“, meinte Daka und grinste.

„Ja, bei Franz ist das süß, aber nicht bei diesen Schleimbolzen da!“, motzte Silvania.

Franz war neu in der Familie Tepes. Er war die süßeste Furzgranate der Welt. Er war der Bruder von Daka und Silvania. Ein kleines Halbvampirbaby mit viel vampirischem Blut. Schon im Bauch hatte er die ersten Flugübungen gemacht und Mama Elvira war so während ihrer Schwangerschaft immer wieder durch plötzliche Flugmanöver aufgefallen. Und das, obwohl sie selbst das Fliegen in der Öffentlichkeit und bei Tageslicht verboten hatte. Aber wie erklärte man das einem ungeborenen Halbvampir-Baby im Bauch? Wenn es schon ihre zwei Teenie-Töchter nicht immer einsahen. Aber immerhin war Elvira die erste Schwangere, die sich nicht wie ein Walross, sondern wie eine schwebende Elfe gefühlt hatte. Na ja. Fast. Einmal hatte sie sich als Mastsau kurz vor dem Schlachtfest bezeichnet. Aber das war kurz vor der Geburt gewesen. Da sagen Frauen solche Sachen. Dann war der kleine Franz auf die Welt gekommen und alle verliebten sich heiß in ihn. Elvira sowieso.

Mihai hatte sich zwar ein Mädchen gewünscht, summte dem kleinen Franz aber liebend gerne seine transsilvanischen Heimatlieder ins Ohr.

Silvania hätte auch lieber eine Schwester gehabt, die so war wie sie, fütterte ihren kleinen Bruder aber hingebungsvoll mit Blutfläschchen und Blutwurstbrei.

Daka war begeistert von dem wilden Babybruder. Sie übte fleißig Flugrolle vor- und rückwärts mit ihm. Damit er sich nicht stoßen konnte, hatte sie ihm sogar einen Helm besorgt.

Franz war das Größte, was den Vampirschwestern in Deutschland passiert war. Sogar größer als Jacob und Murdo zusammen. Aber das flüsterten sie natürlich nur dem kleinen Babybruder ins Ohr. Geschwisterliebe war außerdem etwas ganz anderes, als in einen Jungen verknallt zu sein. Gleiches Blut verbindet. Vor allem Halbvampirblut!

„Komm, lass uns Fotos auf dem Vamplet sortieren!“, schlug Silvania vor.

Die beiden Schwestern bastelten an einem Babyalbum, das sie Franz zum ersten Geburtstag schenken wollten.

„Einverstanden“, meinte Daka und flopste sich auf das Sofa.

Silvania setzte sich dazu und schaltete das Vamplet ein. „Das nehmen wir jedenfalls als Deckblatt für unser Fotobuch“, entschied Silvania und zeigte auf ein Bild von ihnen und ihren Eltern. Elvira war darauf hochschwanger und stand ausnahmsweise mit beiden Füßen auf dem Boden.

„Boi.“ Daka nickte.

Silvania wischte über das Vamplet, überblätterte Bilder mit Franz, Helene und Ludo und blieb seufzend bei einem Bild hängen: „Guck mal. Jacob und Franz. Wie süüüß!“

Daka rollte mit den Augen, sagte aber nichts. Wenn Silvania nämlich einmal anfing, von Jacob zu schwärmen, hörte sie so schnell nicht wieder auf. Daka war da ganz anders. Sie gab gar nicht gern zu, dass sie in Murdo verknallt war.

Die Vampirschwestern vertieften sich weiter in die Bilder. Sie bemerkten die Fledermaus nicht, die schon vor einer Weile auf der Fensterbank gelandet war und ins Wohnzimmer der Familie Tepes schaute.

Nur Silvania sah einmal kurz auf, als die Fledermaus nach einer Mücke schnappte, die im Abendlicht ihr Tänzchen abhielt. Ihren letzten Tanz in diesem Fall.

Doch Silvania entdeckte die Fledermaus nicht.

„Haben wir auch ein Bild von Ursula? Die muss unbedingt mit rein“, sagte Daka.

„Na klar, mach weiter!“, meinte Silvania und sie betrachteten Bilder von der schwangeren Ursula. Ursula war Krankenschwester in dem gleichen Krankenhaus, in dem Mihai Tepes in der Gerichtsmedizin arbeitete. Auch sie arbeitete am liebsten nachts und hielt sich hin und wieder länger als erlaubt in dem Kühlraum mit den Blutkonserven auf. So hatten sich die beiden kennengelernt. Wie Mihai war Ursula ein versteckt lebender Vampir. Oder eine Vampirin. Eines Tages wurde der Nachbar von Familie Tepes, Dirk van Kombast, seines Zeichens Pharmavertreter und selbst ernannter Vampirjäger, verletzt in das Krankenhaus eingeliefert. Dort hatte er sich in die sanften Hände von Schwester Ursula ergeben und sich unsterblich in sie verliebt. Dass sie eine Vampirfrau war, wusste er nicht. Für ihn war Ursula ein wunderschöner blonder Engel! Und dass er ein Vampirjäger war, wusste Ursula zu diesem Zeitpunkt auch noch nicht. Für sie war Dirk van Kombast ein unwiderstehlich duftender und sehr charmanter Mann.

Obwohl Ursula inzwischen sein Kind erwartete, mit Sicherheit einen kleinen Halbvampir oder eine kleine Halbvampirin, hatte Ursula ihm noch immer nichts verraten. Frauen haben eben Geheimnisse, sagte Ursula immer, wenn Silvania oder Daka sie drängten, Dirk van Kombast die Wahrheit zu sagen. Aber wie sagte man einem Vampirjäger, dass man ein Vampir war? Dirk van Kombast jagte nämlich Vampire, seit solche Kreaturen seine Mutter in den Wahnsinn (genau genommen in das Irrenhaus) getrieben hatten. Keiner hatte ihr geglaubt, dass sie Vampiren begegnet war. Herr van Kombast wollte der Menschheit beweisen, dass es Vampire wirklich gab und dass seine Mutter nicht verrückt war. Dass er diesen Beweis genau vor seiner Nase hatte und auch noch heiß verliebt in ihn war, ahnte er nicht.

Daka schaute auf ein Foto und kicherte: „Herr van Kombast kann echt so bescheuert gucken! Weiß er jetzt eigentlich, dass er ein Halbvampir-Baby bekommt?"

Silvania schüttelte den Kopf. „Nee, ich glaube, Ursula hat es ihm noch immer nicht gesagt."

„Pff." Daka zuckte mit den Schultern. „Als ob das so schlimm wäre. Halbvampire sind doch megamuffencool. Oh, wie süß. Franz spielt mit Karlheinz und Karlotta."

„Du meinst, er pupst mit ihnen um die Wette", kommentierte Silvania die Fotos.

In diesem Moment pupste es im Flur und Elvira erschien im Bademantel mit dem kleinen Franz im Arm in der Tür.

„So, Zeit fürs Bett, ihr Fledermäuschen!", rief sie.

Silvania und Daka sprangen sofort auf und überfielen ihren kleinen Bruder mit herzhaften Knutschern. Sie kneteten seine dicken Ärmchen und Beinchen und zwickten in seine herrlichen Bäckchen.

„Boi noap!“, riefen sie. Immer weiter küssten und kuschelten sie Franz, bis Elvira ihn lachend an sich zog.

Und noch jemand konnte sich gar nicht an dem Anblick des kleinen Franz sattsehen.

Antanasia starrte wie gebannt durch ihr Monokel auf den kleinen Halbvampir. Von ihren Eckzähnen tropfte etwas Speichel und sie leckte sich die Lippen.

Doch plötzlich erschien ein grünliches, schleimiges Etwas in ihrem Monokel.

„AAAAHHHH!“, angeekelt ließ Antanasia das Monokel fallen.

Karlheinz hatte die neugierige Fledermaus mit ihren verdächtig glühend roten Augen auf dem Fensterbrett entdeckt und ihr seine Schleimfratze entgegengestreckt. Karlheinz war nämlich mehr als nur ein Schleimtier. Er war auch mehr als ein Haustier. Er selbst bezeichnete sich als ein Wachtier. Klein, aber oho! Wütend starrte er die Fledermaus an, die sich sogleich umdrehte und die Fliege machte. Oder die Fledermaus. Karlheinz sah ihr misstrauisch nach und beschloss, wachsam zu sein. Noch wachsamer als sonst.

„Boi noap, ihr zwei Süßen!“ Daka beugte sich über Karlheinz’ und Karlottas Häuschen und schaltete das Licht aus.

Boi noap hieß Gute Nacht in der Vampirsprache Vampwanisch.

Karlheinz rutschte ganz nah an Karlotta, die ihm zwei schöne Schleimschmatzer verpasste. „Schwoi schwapp!", wünschte sie. Das war die Schleimtiersprache Schleimisch und hieß auch Gute Nacht.

Daka tapste in ihr Bett. „Gute Nacht, Silvania!", wünschte sie.

„Gute Nacht, Daka!", flüsterte Silvania.

„Gute Nacht, Mama!", rief Daka.

„Gute Nacht, Fledermäuschen!", murmelte Elvira.

„Gute Nacht, Papa!", rief Silvania.

„Boi noap, alle miteinander!", brummte Mihai zurück.

„Gute Nacht, Franz!", säuselte Silvania.

„Wäääh!", machte Franz.

„Gute Nacht, Karlheinz!", rief Daka.

„Schwoi schwapp!", fiepte Karlheinz, aber das verstand leider keiner. Familie Tepes sprach kein Schleimisch.

„Karlheinz?", hakte Daka nach.

PUPS!, machte Karlheinz.

Das verstand die Familie Tepes und lachte sich in den Schlaf. Niemand ahnte, dass schon bald nichts mehr sein sollte, wie es war ... bis auf Karlheinz vielleicht. Der träumte wirres Zeug von Daka in einem schwarzen Schloss umgeben von dunklen Gestalten, die ... Schleimgebadet wachte Karlheinz auf, pupste erschrocken und dachte darüber nach, was dieser Traum zu bedeuten hatte. Er hatte sich so echt angefühlt. Und diese neugierige Fledermaus vorhin war ihm noch immer nicht geheuer. Sie hatte so einen starren Blick gehabt. Karlheinz kam aus Transsilvanien, Daka hatte ihn dort liebevoll im

Schleimtierunterricht gezüchtet und mit nach Deutschland gebracht. Und Karlheinz meinte, dass diese Fledermaus aus seiner alten Heimat kommen musste. Sie war schwärzer als die deutschen Fledermäuse. Und ihre roten Augen waren so stechend gewesen. Gierig. Vielleicht sollte er mal Dakas Freund Ludo Schwarzer fragen. Der kannte sich doch mit Ahnungen und Träumen aus. Aber wie sollte er Ludo fragen? Soweit Karlheinz wusste, sprach Ludo kein Schleimisch. Wie die meisten Menschen. Karlheinz seufzte. Nicht mal Daka konnte ihn verstehen. Wobei sie ein bisschen Zeichensprache konnte. Ihr Kraulen und Knutschen war ganz passabel. Zum Glück hatte Karlheinz seine Karlotta. An diese kuschelte sich Karlheinz dann auch und schlief schon bald ruhig ein.

Heiße Blicke

Der nächste Tag war für Silvania ein Albtraum, der sich leider nicht nur echt anfühlte, sondern auch echt war. Sport stand auf dem Stundenplan. Silvania hasste Sport. Das war noch viel schlimmer als Fliegen.

Frau Bönisch, die Sportlehrerin, war wie immer gnadenlos. Mit der Trillerpfeife im Mund rannte sie über den Platz und die Klasse hechelte hinterher. Also ein paar Schüler wie Jacob liefen locker hinter ihr her, auch Helene und Ludo hielten sich ganz gut, aber Silvania hechelte fürchterlich.

Daka lief sogar noch ein Stück hinter ihrer Schwester. Das lag aber nicht daran, dass sie unsportlich war, im Gegenteil, aber Daka fand Gehen, Rennen und Laufen generell völligen Gumox! Einfach Quatsch! Für sie gab es eben nur Flopsen und Fliegen. Aber als die Vampirschwestern nach Deutschland gekommen waren, hatte Elvira viele radikale Regeln für das Leben in Deutschland aufgestellt. Erste radikale Regel: Kein Fliegen bei Tageslicht. Zweite radikale Regel: Keine lebenden Mahlzeiten, auch keine Snacks wie freche Fliegen oder unvorsichtige Käfer (gegen diese Regeln verstieß Daka andauernd). Dritte radikale Regel: Keine pralle Sonne (hiergegen hatte Silvania einmal verstoßen und es bitter bereut. Tagelang war sie feuerrot im Gesicht gewesen. Dafür war sie am Ende aber mit Jacob zusammengekommen). Vierte radikale Regel: Keine Kreuze. Fünfte radikale Regel: Kein Knoblauch (hiergegen verstieß Baby Franz andauernd, die Gemüsehändlerin gab ihm statt Karotten oder Apfelschnitzen sogar Knoblauchzehen mit, seit er sich dort mal welche stibitzt und begeistert aufgelutscht hatte – was seine Schwestern einfach nur megaeklig fanden. Gemüse war ja schon uncool genug. Aber Knoblauch? Das war richtig schlimm und für Vampire normalerweise sogar gefährlich. Baby Franz schien aber immun zu sein). Sechste radikale Regel: Kein Einsatz übernatürlicher Kräfte, also keine Hypnose, keine heißen Blicke, kein Flopsen und keine Superkräfte (wenn Mihai ehrlich war, verstieß er ständig gegen diese Regel, welcher Vampir brauchte schon einen Hammer, um einen Nagel in die Wand zu schlagen?).

Silvania hielt sich meistens treu an die radikalen Regeln ihrer Mutter, hätte heute aber alles darum gegeben, sich aus dem Sportunterricht flopsen zu können. Stattdessen keuchte sie ihre Bahnen und ihr Atem setzte sogar einmal kurz aus. Das lag an Jacob, der sich nach einem Blick über die Schulter zurückfallen ließ. Er strahlte Silvania an. „Hey!“

„Hey“, schnaufte Silvania. Pumflex! Verdammt!, dachte Silvania. Ich seh doch total daneben aus. Silvania trug eine ihrer gemütlichen Pluderhosen, darüber einen Rock, ein pinkes T-Shirt und ein buntes Stirnband.

„Cooles Outfit“, meinte Jacob und grinste.

Silvania lächelte verlegen. Jabob war einfach ein Traumtyp, zensatoi futzi! Verschwitzt wie sie war, machte er ihr noch Komplimente.

„Steht dir echt gut, das, ähm T-Shirt. Passt gut zu deinen Augen. Echt schön“, sagte Jacob.

„Meine Augen?“, fragte Silvania.

Jacob schüttelte den Kopf. „Nein, das T-Shirt, aber, ich, äh … deine Augen sind natürlich auch … wunderschön.“

„Gumox“, murmelte Silvania verlegen, doch dann sah sie Jacob direkt in die Augen und strahlte. Jacob war einfach ihre große Miloba – die Liebe ihres Lebens. Silvanias Herz schlug wild und ihre Augen versanken fast in denen Jacobs, ihr wurde immer wärmer und plötzlich schoss eine heiße Feuerwelle aus ihren Augen. ZISCH!

„AAAHHH!“, schrie Jacob und hielt sich die Wange. „Hey, das tut weh!“

„Oh, Fumpfs, Mist, was, wie?“, stammelte Silvania unglücklich. Hatte sie gerade wirklich ihrem Freund, den sie über alles liebte, einen heißen Blick verpasst?

„Silvania, was machst du denn?“, rief Daka, die zu den beiden aufgeschlossen hatte.

Auch ein paar andere Schüler schauten neugierig zu Silvania und Jacob, liefen aber weiter, weil auch Frau Bönisch sich umgedreht hatte. „TRRRRR!“, pfiff sie wütend nach hinten. „Weiter geht's! Nicht schlappmachen!“

„Oh, Mann, Jacob, Entschuldigung. Keine Ahnung, ich wollte nicht, ich hab gar nichts gemacht.

Tut mir voll leid. Fumpfs. Tut es sehr weh? Zeig mal ..." Silvania sah Jacob voller Sorge an und wollte ihm gerade über die Wange streicheln, als ihr schon wieder ein heißer Blick entfuhr. ZUSCH! Diesmal hatte sie Jacobs Trainingsjacke am Ärmel erwischt.

Der schaute entsetzt auf die Flammen. „Was? WAH! Feuer!", schrie Jacob und riss sich die Jacke vom Leib. „Scheiße, aua, verdammt! Die Jacke brennt!"

Sofort blieben ein paar Schüler stehen und liefen neugierig zu Jacob und Silvania. Darunter waren auch Helene und Ludo. Fassungslos betrachteten sie, wie Jacob auf seiner brennenden Jacke herumtrampelte. Frau Bönisch blickte genervt nach hinten. „Was ist denn da los, bitte schön?"

„Ogottogottogott! Was war das? Das ist ... das wollte ich nicht. Ich hab doch gar nichts gemacht!", murmelte Silvania und wandte sich mit Tränen in den Augen an ihre Schwester.

Daka stand lässig da und grinste. „Ich finde es voll boibine!" Als sie Silvanias empörten Gesichtsausdruck sah, redete sie schnell weiter: „Also nicht, dass du Jacob verletzt hast, aber dass du endlich mal vampirisch bist. Einfach so, ganz offen. Das andauernde Verstellen und Verstecken geht mir nämlich so was von gegen den Strich! Ich finde, es reicht!" Daka packte Silvania begeistert am Arm und schüttelte sie. „Komm, wir zeigen es allen! Jetzt!"

Noch bevor Silvania ihren Schock überwunden

hatte (den dritten innerhalb kürzester Zeit, erst ihre zwei heißen Blicke und jetzt ihre heißen Mist erzählende Schwester), stand der vierte Schock vor ihr: Frau Bönisch! „Was ist hier los? Habt ihr Feuerwerkskörper mit in die Schule gebracht? Und lügt mich nicht an!“

Silvania starrte zu Boden. „Also, ich …“

„Sieh mich an!“, forderte Frau Bönisch sie streng auf.

Silvania hob langsam ihren Kopf, doch Daka antwortete an ihrer Stelle: „Also, Frau Bönisch, es ist so. Silvania und ich, wir sind anders als die anderen …“

Silvania trat Daka auf den Fuß. „Bist du noch ganz dicht?“, zischte sie.

„Es reicht!“, rief Frau Bönisch wütend. „Eure Ausreden könnt ihr euch sparen. Ich habe es schließlich aus den Augenwinkeln gesehen, wie ihr auf Jacob geschossen habt. Das geht einfach nicht, wo kommen wir denn dahin? Das wird ein Nachspiel haben.“ Damit drehte sich die Sportlehrerin um und lief wieder nach vorn. Ihr strenger Dutt wippte bei jedem Schritt.

„Du Memme!“, meinte Daka zu Silvania und warf ihr einen verächtlichen Blick zu.

Das war zu viel für die arme Silvania. Alle waren gegen sie. Jacob, Frau Bönisch und jetzt auch noch Daka. Wütend und verletzt starrte Silvania der Sportlehrerin hinterher, als ihr schon wieder ganz heiß wurde und eine Feuerwelle aus ihren Augen zischte. ZOSCH! Oh nein! Silvanias heißer Blick traf Frau Bönisch am Po! Erschrocken kreischte die Sportlehrerin auf, wälzte sich am Boden und rannte schließlich über den Platz wie vom Vampir gebissen. Was ja auch fast stimmte.

Die Schüler kicherten, während Jacob, Daka, Helene und Ludo Silvania ungläubig anstarrten. Silvania zuckte unglücklich mit den Schultern und begann zu weinen. Sportunterricht war doch auch so schon schrecklich genug. Aber jetzt konnte sie ihre Superkräfte nicht mehr kontrollieren und schoss auf ihren Freund und ihre Lehrerin heiße Blicke ab. Was war denn nur los mit ihr?

Zum Glück war nach dem Sport Schulschluss. Silvania und Daka trotteten nebeneinander nach Hause und sahen sich ausnahmsweise mal sehr ähnlich. Beide zogen finstere Gesichter.

„Jetzt kommt auch noch die Bönisch zu uns nach Hause“, jammerte Silvania.

Daka konnte schon wieder grinsen. „Das war echt boibine, wie du der Feuer unterm Hintern gemacht hast!“

„Das habe ich doch nicht ... Daka, das ist nicht lustig!“, rief Silvania empört. „Ogottogottogott, hoffentlich merkt die Bönisch nicht, dass wir ...“

„... Halbvampire sind? Na und?“, vollendete Daka Silvanias Satz.

Silvania schüttelte den Kopf. „Weil, weil ... Das ist gefährlich. Das weißt du doch. Wir sind hier nicht in Transsilvanien. Und ich will nicht, dass alle wissen, dass wir anders sind!“

Daka ballte die Faust. „Ich schon!“

„Ursula hat Dirk van Kombast auch noch nicht gesagt, dass sie ein Vampir ist. Dabei leben die beiden zusammen und kriegen ein Kind!“, warf Silvania ein.

In diesem Moment kamen die Vampirschwestern an dem gepflegten Vorgarten von Herrn van Kombast vorbei. In Erwartung seines Nachwuchses hatte er überall Schilder in seinen getrimmten Rasen gesteckt wie: Baby im Haus oder Ruhe bitte.

Daka schickte frustriert einen heißen Blick in den Garten. ZISCH!

Ein liebevoll zurechtgestutzter Busch begann zu qualmen. Sofort ging im Hause Tepes das Küchenfenster auf und Elvira steckte ihren Wuschelkopf heraus. Aus ihren Augen funkelten mindestens so viele heiße Blicke, wie Silvania und Daka heute insgesamt schon abgeschossen hatten. „Daka! Hast du sie noch alle? Was tust du da? Kommt sofort rein! Aber rapedadi!“, schimpfte Elvira Tepes. Und wenn Elvira Tepes rapedadi sagte, dann meinte sie auch sofort.

„Fumpfs. Ich hasse Deutschland. Alles ist verboten hier“, maulte Daka, ging aber schnell mit ihrer Schwester ins Haus.

Elvira war damit beschäftigt, ihren berühmten Spinnenkuchen zu backen. Er war zwar nur in Form einer Spinne und nicht mit echten Spinnenbeinen gefüllt wie in Transsilvanien, aber Mihai liebte den Kuchen und sie wollte ihren Mann überraschen, der in letzter Zeit ungewöhnlich still war und sich ständig in seinem Keller verkroch. Das war zwar tagsüber für einen Vampirmann nichts Ungewöhnliches, aber Elvira spürte, dass etwas nicht stimmte.

Sie wusch sich den Teig von den Fingern, wischte sie an ihrer Schürze ab und betrachtete seufzend das übliche Chaos auf der Küchenanrichte. Mit drei Kindern, einem Job und ihrem ungewöhnlichen Mann blieb immer zu wenig Zeit zum Aufräumen. Na ja. Wenn sie ehrlich war, war Elvira noch nie besonders ordentlich gewesen. Auch ohne Vampirmann und Halbvampir-Kinder. Aber das gab sie natürlich nicht zu. Sie betrachtete die frisch lackierten Klobrillen, die sie zum Trocknen ausgebreitet hatte. Elvira Tepes führte sehr erfolgreich einen kleinen Klobrillen-Laden. Sie verkaufte nur Einzelstücke, die sie eigens auf Kundenwunsch anfertigte. Seit Franz auf die Welt gekommen war, arbeitete sie viel von zu Hause aus. Zum Glück schlief Franz viel – gerade friedlich in seinem Laufstall in der Ecke –, sodass Elvira Tepes ihren Laden weiterführen konnte, was sie sehr glücklich machte. Leider machte ihre Familie sie gerade eher unglücklich.

„Was ist denn in dich gefahren? Heiße Blicke am helllichten Tag? Und auch noch auf Herrn van Kombasts Büsche?“, meckerte sie Daka an, als diese in die Küche kam.

„Ha!“, gab Daka beleidigt zurück. „Du hättest mal Silvania vorhin in der Schule erleben sollen.“

Silvania sah Daka wütend an. Blöde Petze.

Elvira sah Daka ungläubig an. Meine Silvania?

Silvania sah Elvira unglücklich an. „Äh …“, murmelte sie.

(Fast) perfekte Pläne

Vor lauter dicker Luft in der Küche verpassten die drei Tepes-Frauen den Auftritt ihres Lieblings-Nachbarn.

Dirk van Kombast war nicht nur ein selbst ernannter Vampirjäger, sondern auch für jede andere Art von tödlicher Gefahr stets bestens ausgerüstet. Mit einem Blick hatte er die brenzlige Situation in seinem Garten erfasst und nicht lange gefackelt. Er schnallte einen Wassertank auf, aus dem ein Schlauch in seine Pump-Pistole lief, schoss aus dem Haus und hielt auf den brennenden Busch. Leider ließ der Strahl zu wünschen übrig. Herr van Kombast pumpte wie ein Feuerwehrmann, doch aus seiner Pistole kam nur ein lächerliches Rinnsal. Als Vampirjäger war Dirk van Kombast jedoch mit allen Wassern gewaschen. Er untersuchte den Schlauch, als PATSCH! dieser platzte und eine Riesenladung Wasser in sein Gesicht spritzte.

Also doch Plan B, dachte der Vampirjäger und Katastrophenmanager. Er lief ins Haus, um einen Eimer Wasser zu holen. Ein Mann musste immer einen Plan B haben.

Nebenan in seinem Keller werkelte ein ebenfalls sehr findiger Mann an einem Plan. Wobei Mihai Tepes mehr war als nur ein Mann. Er war schließlich Vampir und wurde vor 2676 Jahren als zweiter Sohn des ältesten Vampirgeschlechts der Welt in Bistrien geboren. Und bei ihm reichte für gewöhnlich ein Plan A. An diesem arbeitete Mihai Tepes schon seit mehreren Wochen. Er hatte tagsüber deswegen kaum schlafen können und war nachts oft zu spät zu seiner Arbeit in der Gerichtsmedizin des Bindburger Krankenhauses gekommen. Er hatte seine Rennzecken vernachlässigt und seine Familie. Aber es musste sein. Die Zeit drängte. Stolz betrachtete er sein Werk. Ein Außenstehender mochte nur ein merkwürdiges Gebilde erkennen, in dessen Mitte ein einfacher Korb hing. Aber Mihai Tepes sah mehr. Er sah die perfekte Abwehr-Maschine. Um den Korb hingen Fahrradfelgen, in die er statt Felgen Nägel geschlagen hatte.

Mihai atmete zufrieden tief ein. Das hätte er lieber nicht tun sollen. Etwas stank hier ganz gewaltig. Schlimmer als Baby Franz' Stinkbombenwindeln und Karlheinz' Pupse zusammen. Mihai saß neben einer Kiste, aus der etwas Weißes herausragte. Weiß mit zartlilafarbenen Streifen. Knoblauch! Er griff zu einer Gasmaske und zog sie sich über den Kopf. Dann öffnete er mit Handschuhen die Kiste und stopfte den Knoblauchzopf zurück. Dabei passte Mihai höllisch auf, dass er die Flaschen mit dem Weihwasser in der Kiste nicht berührte. Als Vampir konnte man mit solch gefährlichem Material nicht vorsichtig genug sein. Er verschloss die Kiste sorgfältig und widmete sich einer zweiten Felge, in die er weitere Nägel schlagen wollte. Dummerweise erwischte er mit dem Hammer statt des Nagels seinen Finger.

„Fumpfs noch mal!“, jaulte Mihai auf und funkelte wütend den Hammer an. „Blödes Ding.“ Damit warf er den Hammer in eine Ecke. Er sah sich kurz um, obwohl er wusste, dass er allein war. Aber sicher war sicher. Er wollte keinen Streit mit seiner Frau riskieren. Die würde ohnehin bald böse auf ihn sein. Sehr böse. Aber irgendwann musste er ihr die Wahrheit sagen. Über eine sehr mächtige Frau mit finsteren Plänen.

Mihai wusste, dass die Zeichen der Zeit sehr ungünstig für ihn und seine Familie standen. Aber er würde bis auf den letzten Tropfen seines schwarzen Vampirblutes kämpfen. Wobei er zugeben musste, dass das Plan B war. Eigentlich hoffte er, dass Plan A ausreichen würde. Seine Abwehr-Maschine.

Mihai sammelte seine Superkräfte und drückte den Nagel lässig mit dem Daumen ins Metall. Für einen Vampirmann das Normalste der Welt.

Weit entfernt in den Tiefen der transsilvanischen Wälder durchschritt Herrscherin Antanasia die dunklen Gänge des Schwarzen Schlosses. An einer Tür blieb sie stehen und stieß sie auf. Ein Lächeln stahl sich in ihr blasses Gesicht. Sie trat ein und betrachtete die schwarze Babywiege, über der ein Mobile aus Knochenteilen hing. Antanasia ging ans Fenster und warf einen Blick auf den vollen Mond. „Der Mond ist aufgegangen“, summte sie gedankenverloren das alte Schlaflied und verließ langsam das Zimmer. Zurück im Thronsaal strich sie sanft über ein rotes Samtkissen, auf dem eine kleine, funkelnde Krone lag. Bald, sehr bald schon, würde sie ihren Plan in die Tat umsetzen …

Die schreckliche Wahrheit

Obwohl es in Elviras Küche nach köstlichem Spinnenkuchen duftete, herrschte noch immer schlechte Luft zwischen ihr und ihren Zwillingen. Silvania hatte verweinte Augen und Elvira konnte nicht fassen, dass ihre brave Tochter heiße Blicke abgeschossen hatte. Auch noch auf ihren Freund und ihre Lehrerin!

Daka hatte die Arme verschränkt „Ich habe da aber keinen Bock mehr drauf. Die ganze Versteckerei! Ich mag nicht mehr. Ich will mich endlich outen!“, rief sie trotzig.

„Nicht schon wieder diese Diskussion!“ Elvira rollte genervt mit den Augen. „Das haben wir doch schon 1000 Mal besprochen. Das geht nicht. Menschen haben Angst vor Vampiren. Sie fühlen sich von ihnen bedroht. Und wenn sie sich bedroht fühlen, dann werden sie aggressiv. Das ist wie bei Tieren.“

Daka zuckte mit den Schultern. „Dann muss man den Menschen halt mal sagen, dass Vampire nicht so böse sind, wie sie denken. Zumindest nicht alle.“

Elvira strich ihrer Tochter durch die stacheligen Haare. „Wenn das so einfach wäre, Fledermäuschen. Aber diese Angst ist tief verwurzelt in den Herzen der Menschen. Das ist die Angst vor dem Fremden.“

In diesem Moment trat Mihai in die Küche. Er entdeckte sofort den Kuchen, steckte seinen Finger in die Glasur und schleckte ihn genüsslich ab. „Wow, Spinnenkuchen, mein Lieblingskuchen!“

„Ja, ich weiß“, brummte Elvira. „Ich wollte dich damit überraschen, wenn er fertig ist.“

Mihai wollte noch mehr von dem Kuchen stibitzen, erhielt aber einen Klaps von Elvira. Er stutzte und bemerkte die unglücklichen Gesichter seiner Töchter.

„Alles klar bei euch?“, fragte er in die Runde.

Silvania schluchzte auf. „Nein, ich habe vorhin in der Schule aus Versehen Jacob verbrannt. Mit dem heißen Blick. Aber das war keine Absicht! Das war ... mein Körper!“

„Oh“, murmelte Mihai und nahm Silvania fest in seine starken Arme. „Fledermäuschen, alles gut. Was dir da passiert ist, ist völlig normal.“

Silvania blickte ihren Vater verwundert an und auch Elvira runzelte zweifelnd die Stirn. Da verschwand ihr Mann wochenlang im Keller und meinte auf einmal, sich mit den Problemen seiner Familie auszukennen?

„Plötzlicher heißer Blick, aufwallende Superkräfte, Spontan-Hypnose – das ist die Pubertät!“, erklärte Mihai. „Vampire haben in dieser Zeit manchmal ihre vampirischen Fähigkeiten nicht unter Kontrolle. So einfach ist das.“

Silvania erschrak und auch Elvira wurde eine Spur blasser.

Nur Daka grinste. „Cool“, meinte sie.

„Diese Attacken treten besonders bei sensiblen Menschen auf – und das bist du, Inima moi." Mihai lächelte Silvania aufmunternd zu.

„Und hört das auch irgendwann wieder auf?", fragte Silvania und wischte ihre Tränen ab.

Mihai nickte. „Vielleicht ist es morgen schon vorbei und dann lachen wir darüber."

„Puh!" Silvania atmete erleichtert aus.

„Vielleicht aber auch nicht", warf Mihai ein. „Mit der Pubertät ist das so eine Sache. Sie ist ein Buch mit sieben Siegeln. Da weiß man nie ... und bei Vampiren erst recht nicht."

Silvania riss geschockt die Augen auf, während Daka sie neidisch ansah. „Und wieso hab ich das nicht?"

Mihai zuckte mit den Schultern. „Na ja, jeder Vampir ist anders. Das macht die Sache doch erst richtig spannend."

PUPS!, tönte es da plötzlich und jemand quietschte vergnügt. Franz war aufgewacht.

Mihai flopste sich zum Laufstall und schnappte sich den kleinen Halbvampir. „Boi motra, mein Sohn! Na, du kleiner Halunke?" Mihai sah Franz verliebt an und kitzelte ihn, wurde dann aber plötzlich ernst. „Kommt mal alle mit. Ich will euch was zeigen!"

Verwundert folgten die Tepes-Frauen Mihai mit Franz auf dem Arm in den Keller. Vor allem Elvira war gespannt. Normalerweise wollte Mihai hier unten nicht gestört werden, doch jetzt öffnete er die Tür zu seinem Kellerschlafzimmer: „Tatatataaaa!", machte er und legte Franz in den Korb in der Mitte seiner Erfindung.

Daka und Silvania sahen ihren Vater fragend an.

„Was ist das?“, fragte Elvira.

„Eine Schutzvorrichtung für Franz“, erklärte Mihai. „Ein Bannkreis.“

„Wozu braucht unser Fränzchen einen Bannkreis?“ Elvira schüttelte verwirrt den Kopf.

Mihai räusperte sich und holte tief Luft. „Das ist wegen Antanasia, Herrscherin über Transsilvanien. Antanasia wünscht sich schon seit Langem einen Nachfolger. Einen kleinen Jungen, der bei ihr im Schwarzen Schloss heranwächst, als wäre er ihr eigener Sohn. Und der einmal die Herrschaft über Transsilvanien übernimmt.“

Elvira, Silvania und Daka sahen Mihai noch immer fragend an.

Er seufzte. „Ein Menschenkind könnte in Antanasias Schloss nicht überleben. Ihre Vampirdiener würden es früher oder später ...“ Mihai sprach nicht weiter und auch sonst sagte niemand etwas. Nur Baby Franz gluckste fröhlich in seinem Korb.

Mihai straffte sich. „Und deshalb will sie ein Halbvampir-Kind. Um genauer zu sein, einen kleinen Halbvampir-Jungen.“

„WAS?“, rief Elvira geschockt.

Auch Daka und Silvania sahen ihren Vater fassungslos an.

Elvira trat einen Schritt näher an Mihai heran. „Willst du uns damit etwa sagen, dass Franz in Gefahr ist?“

Mihai trat einen Schritt zurück. „Nein. Ich will damit sagen, dass zurzeit alle kleinen Halbvampir-Jungen in Gefahr sind. Es ist nur so …" Mihai räusperte sich und wandte sich an seine Töchter. „Ihr wisst ja, Fledermäuschen, dass ihr sehr besonders seid. Es gibt ja nicht allzu viele Halbvampire. Und deswegen …" Mihai schluckte. „Deswegen könnte es eventuell sein, dass vielleicht … nicht ganz auszuschließen, also eher wahrscheinlich … außerdem sind die Voraussetzungen für eine Krönung nur alle 375 Jahre gegeben. Der Thronfolger muss am Tag der Nero Solaris zur Mittagszeit gekrönt werden. Und dieser Tag ist genau übermorgen."

Elvira, Daka und Silvania starrten Mihai ungläubig an. Sie verstanden immer nur Nero Solaris.

Mihai fuhr sich unsicher durch seine schwarzen Haare. „Ja, und deswegen wird Antanasia versuchen, Franz zu holen. Vermutlich heute Nacht." Unglücklich blickte Mihai Elvira in die Augen, die für einen Moment sprachlos war. Aber nur einen kurzen Moment. Dann explodierte sie: „Franz?", brüllte sie. „Unseren Franz? Und wieso sagst du das erst jetzt?"

Mihai hob beide Arme. „Elvira, moi Miloba. Wir werden Franz natürlich nicht hergeben. Niemals! Nici doi viati!"

Daka, die noch blasser als sonst war, und Silvania, deren Augen wieder rot waren, konnten noch immer nicht fassen, was ihnen ihr Vater erzählt hatte.

Mihai zeigte auf seine Apparatur. „Deswegen habe ich doch alles hier gebaut: Bannkreis, Schutzkorb und so weiter. Ich tüftele schon ewig daran, es ist 100 Prozent perfekt durchgeplant. Ich habe sogar Knoblauch und Weihwasser besorgt. Alles zu Franz' Schutz." Mihai sah seine Familie eindringlich an. „Ihr müsst mir vertrauen. Wir werden das schaffen. Zusammen!", beschwor er sie.

„Und was, wenn wir es nicht schaffen?" Silvania zitterte die Stimme, ihre Beine fühlten sich an wie Blutpudding und sie konnte keinen klaren Gedanken fassen.

Mihai sah sie fest an. „Wir schaffen das!"

Silvania schnappte panisch nach Luft. „Aber was, wenn nicht?"

Mihai nahm ihre Hand. „Wir sind gewappnet, Silvania. Franz wird nichts passieren. Ich habe alles im Griff."

Elvira stützte ihre Hände in die Hüften. „Ach ja? Das sieht aber nicht so aus!"

Mihai trat wütend vor Elvira. „Was soll das, Elvira?", fragte er.

„Aber Papa, Mama!" Silvania schluchzte, während Daka ihr beruhigend den Arm umlegte.

„Franz ist fast ein Jahr alt!", empörte sich Elvira. „Das heißt, seit einem Jahr verheimlichst du mir …"

„Was hätte es denn gebracht?", brüllte Mihai dazwischen. „Du hättest dir ein Jahr lang schlimme Sorgen gemacht. Ich sehe doch, wie du jetzt schon reagierst. Ich wollte dich schonen."

Franz sah unsicher über den Rand seines Korbs und begann zu weinen, doch nicht einmal Elvira beachtete ihn. „Also jetzt reicht's aber! Du wolltest mich schonen? Ha! Ich bin erwachsen, mein Lieber. Und das ist keine Schonung, das ist Bevormundung, du … du …!“

Silvania zitterte am ganzen Körper. Ihre Eltern schrien sich an und Franz weinte. „Hört auf, Mama, Papa!“, bat Silvania verzweifelt. Sie sah Elvira und Mihai flehentlich in die Augen und spürte, wie etwas aus ihr herauswollte. Aus ihren Augen knallte etwas, aber es fühlte sich anders an als der heiße Blick. POFF!

Mihai und Elvira Tepes verdrehten die Augen und grinsten von einer Sekunde zur anderen wie zwei Honigkuchenpferde.

Silvania starrte sie entsetzt an. Was hatte sie getan? Mihai und Elvira kicherten, fassten sich an den Händen und tanzten. Aber nicht Tango oder Salsa, wie sonst, wenn sie tanzten. Nein, sie tanzten Ringelreihen! Und dann starrten sie sich an und begannen, wilde Fratzen zu ziehen. Elvira zeigte Mihai eine lange Nase, woraufhin er so tat, als würde er ihre Nase klauen. Dabei kicherten sie schlimmer als eine Horde Kindergartenkinder. Wie auf ein geheimes Kommando tanzten sie wieder los, diesmal so schwerfällig wie eine Herde Elefanten und dazu benutzten sie ihre Arme als Rüssel!

„Fumpfs!“, rief Daka.

„Was ist passiert?“, fragte Silvania.

Daka ging zu ihren Eltern und sah sie prüfend an. Dann klatschte sie vor Elviras Augen, doch die zuckte nicht mal mit der Wimper. Auch auf Dakas Luftfausthiebe reagierten weder Elvira noch Mihai.

Ihre Eltern lachten nur, dann umfasste Mihai Elvira liebevoll und die beiden kuschelten sich eng aneinander, als hätten sie nicht noch vor einer Minute furchtbar gestritten. Franz hörte auf zu weinen und strahlte wieder.

Daka strahlte nicht. Vorwurfsvoll drehte sie sich zu Silvania um. „Du hast sie hypnotisiert!“

„Ich?“, fragte Silvania erstaunt.

„Ja, du. Mach das rückgängig!“, verlangte Daka.

„Wie denn?“, jammerte Silvania. „Ich weiß doch nicht mal, wie ich das gemacht habe.“

Eltern außer Rand und Band

Während Daka und Silvania ihren verrückt gewordenen Eltern zusahen, wie sie Ringelreihen tanzten, hatten die werdenden Eltern im Nachbarhaus ganz andere Probleme.

Ursula hockte mit ihrem dicken Bauch vor dem Klo. Ihr war hundeelend zumute. Dirk van Kombast betrachtete seine leichenblasse Freundin besorgt. „Ich bring dich jetzt ins Krankenhaus!“, sagte er.

Ursula würgte. „Dirk, ich bin bloß schwanger.“

„Aber du bist im 15. Monat und übergibst dich immer noch. Das ist doch nicht normal!“, ereiferte sich Dirk van Kombast.

Ursula drehte sich um und sah ihrem Freund in die Augen. Sie musste es ihm einfach sagen. Vampirjäger hin oder her. In der Liebe war alles möglich. „Doch, das gibt's, das gibt's. Ich bin halt … besonders schwanger.“ Ursula atmete tief ein. „Weißt du, Liebling, ich … ich bin anders als die anderen …“ Ursula zögerte.

Dirk van Kombast sah sie voll liebevoller Sorge an, sie konnte es ihm nicht sagen. Und außerdem war ihr einfach … furchtbar übel. Rasch beugte sich Ursula wieder über die Kloschüssel und übergab sich.

„Oh, Liebste!“, rief der Vampirjäger entsetzt und

wollte seine Geliebte halten, die ihn jedoch mit der Hand aufhielt. Herr van Kombast stolperte enttäuscht nach hinten. Er stieß gegen den Rand der Badewanne und fiel.

„OOOOHHH!“ Dirk van Kombast ruderte mit den Armen, erwischte den Duschvorhang und plumpste in die Badewanne. Dabei riss er den Duschvorhang mit sich und griff versehentlich an den Wasserhahn. „AAAAHHHH!“, brüllte Herr van Kombast, als sich eiskaltes Wasser über ihn ergoss.

Mühsam kam Ursula auf die Füße und stellte das Wasser ab. „Bist du verletzt?“

Der Vampirjäger rappelte sich auf und schüttelte den Kopf, sodass das Wasser nur so aus seinen Haaren tropfte. „Alles unter Kontrolle!“, log er.

Ursula lächelte ihn erleichtert an, als es an der Tür klingelte.

„Ich gehe schon!“ Dirk van Kombast strich über sein patschnasses Hemd und ging hocherhobenen Hauptes zur Haustür. Ein kurzer Blick durch den Spion genügte. Keine Gefahr. Es war Daka Tepes. Als diese Familie in den Lindenweg gezogen war, hatte er sie zunächst verdächtigt, Vampire zu sein. Er hatte tote Ratten mit Bissspuren gefunden, er hatte riesige schwarze Schatten fliegen sehen und die beiden Mädchen hatten sehr empfindlich auf Knoblauch und Weihwasser reagiert. Doch dann hatten mächtige männliche Vampire Daka, Silvania und ihre Freundin Helene im Bindburger Zoo angegriffen und nur dank seines todesmutigen

Einsatzes und seiner großartigen Erfindung – dem Knobinator! – war es ihm gelungen, diese abscheulichen Blutsauger zu vertreiben. Seit diesem Ereignis war dem Vampirjäger klar, dass die Familie Tepes ganz normal war, na ja, oder fast normal. Denn er war sich sicher, dass die Tepesbande ein Geheimnis hatte. Irgendwie waren sie … anders. Vielleicht lag es aber auch einfach nur daran, dass sie sich außergewöhnlich kleideten und etwas muffelten. Und natürlich an Mihai Tepes. Der mähte weder regelmäßig seinen Rasen noch wusch er samstags sein Auto. Das war doch nun wirklich verdächtig!

Herr van Kombast öffnete die Tür und Daka runzelte die Stirn. Dieser Kombast war einfach nicht normal. Duschte der jetzt schon in Klamotten? Aber Daka hatte andere Sorgen. „Ist Ursula da? Bitte, sie muss schnell rüberkommen!“, rief Daka.

Herr van Kombast schüttelte entschieden den Kopf. „Das tut mir leid, aber Ursula geht es gar nicht gut. Sie kann nicht.“

„Ich …“, begann Daka verzweifelt.

Herr van Kombast verschränkte die Arme vor der nassen Brust. „Nein, jetzt nicht. Leider.“

„Aber es dauert auch nicht lange“, versuchte es Daka weiter.

„Was ist denn da drüben bei euch wieder los?“, fragte der Vampirjäger und blickte Daka starr in die Augen.

„Äh“, stammelte Daka.

Dirk van Kombast hob ungeduldig seine Augenbrauen. „Tja, dann kann ich dir auch nicht helfen.

Auf Wiedersehen!“ Damit schloss er die Haustür und Daka lief mit finsterer Miene zurück in ihren Keller, wo Silvania sie mit Franz auf dem Arm erwartete. Mihai und Elvira hockten wie zwei Frösche auf dem Boden und machten abwechselnd:

„Quak!“

Silvania sah sofort an Dakas Gesicht, dass Ursula nicht kommen würde. „Vielleicht kann Ali Bin Schick uns helfen?“, schlug sie vor.

Daka nickte. Wenn schon kein Vampir, dann wenigstens ein Zauberer. „Ich rufe Ludo an.“ Daka zog ihr Handy aus der Tasche und wählte.

Wenig später standen all ihre Freunde vor der Tür: Ludo war auf seinem Longboard angerast gekommen, Helene und Jacob mit dem Fahrrad. Nur einer fehlte.

Daka runzelte besorgt die Stirn. „Was ist mit deinem Opa?“, fragte sie Ludo.

Ludo schnaufte. „Ich habe ihn nicht mehr erwischt. Er ist schon weg.“

„Oh nein!“, rief Daka entsetzt. „Und wo ist er?“

„Bei einem Astronomie-Kongress in Österreich“, sagte Ludo zerknirscht.

„Fumpfs!“, schimpfte Daka.

„Fumpfs!“, jammerte Silvania, die mit Franz aus dem Keller hochgekommen war.

„Aber wir sind da!“, sagte Helene und nickte ihren Freundinnen zuversichtlich zu.

Auch Jacob lächelte die Vampirschwestern aufmunternd an. „Wir helfen euch!“

Damit hatten die Freunde den ganzen Nachmittag alle Hände voll zu tun. Silvania kümmerte sich weiter um den kleinen Franz. Sie fütterte ihm Blutfläschchen, wechselte ihm die Windeln – einmal sogar mit einem dicken Stinker drin, den Job hatte Silvania bisher immer ihren Eltern überlassen – und herzte und drückte ihn immer wieder, so fest sie konnte.

Daka, Helene und Ludo machten sich im Keller daran, Mihais Bannkreis fertigzustellen. Sie kamen jetzt zu dem Teil, der für Mihai ohnehin viel zu gefährlich gewesen wäre.

Daka zog mit zugehaltener Nase die Knoblauchzöpfe aus der Kiste. „Die müssen an die Fahrradfelgen. An jeden Nagel einen“, erklärte sie und Helene und Ludo machten sich an die Arbeit.

Als sie damit fertig waren, spritzte Helene sorgfältig Weihwasser auf die Knoblauchknollen.

Jacob musste wie Silvania babysitten. Vielmehr: kindische Eltern sitten. Die mussten zwar nicht gewickelt werden, waren aber anstrengender als zehn Halbvampirbabys zusammen. Elvira hatte sich einen Knoblauchzopf im Keller stibitzt und lief damit die Treppe hoch. „Fang mich doch, du Eierloch!“, rief sie Jacob zu und zeigte ihm eine lange Nase.

Im Flur oben angekommen, gelang es Jacob fast, ihr den Knoblauchzopf zu entreißen, doch Elvira ließ überraschend los und Jacob landete unsanft in der Garderobe. Noch bevor er sich wieder aufrappeln konnte, landeten Jacken, Hüte und zu guter Letzt noch ein Basketball auf ihm. Elvira kicherte wie zwanzig aufgeregte Schulmädchen und rannte weiter ins Wohnzimmer, wo sie Mihai mit den Sofakissen bewarf. Der flopste zur Seite und bewaffnete sich ebenfalls mit einem Kissen, das er Elvira in den Bauch pfefferte.

„Na, warte!", rief Elvira und rannte dem flüchtenden Mihai hinterher.

Jacob eilte ebenfalls hinterher und prallte schon bald gegen die verrückt gewordenen Tepes-Eltern, die es sich anders überlegt hatten. Hand in Hand liefen sie zurück ins Wohnzimmer, um dort ein riesiges Zelt aus Kissen und Decken zu bauen. Stolz setzten sie sich hinein und Jacob holte ihnen etwas zu trinken. Für Mihai einen Blutsaft und für Elvira einen Kakao.

„Mit Strohhalm!", rief Elvira.

Jacob rollte mit den Augen, als er die Strohhalme holte, aber als er sah, wie die beiden zufrieden schlürften, beschloss er, dass er die Tepes-Eltern beruhigt eine Weile allein lassen konnte, und ging hinunter in den Keller.

Dort waren alle sehr beschäftigt. Silvania mit Franz, den sie in den Korb legte, und Daka, Helene und Ludo mit dem Bannkreis, an den sie letzte Hand anlegten, als KLICK! plötzlich das Licht ausging. Es war stockdunkel im Keller.

FLOPS! FLOPS!, machte es.

„Hey, Leute, was war das?", fragte Helene ängstlich.

„Da ist jemand in euer Haus geflopst. Das ist gar nicht gut", flüsterte Ludo.

„Daka?“ Silvania tastete nach ihrer Schwester.

„Moment.“ Daka war nicht so leicht zu erschrecken. Sie tastete nach dem Lichtschalter und knipste ihn an. Er funktionierte. Plötzlich war es taghell im Keller. Doch bevor die Freunde erleichtert aufatmen konnten, mussten sie feststellen, dass sie Gäste hatten. Ungebetene Gäste.

Feindlicher Besuch

Vor ihnen stand die zugleich schönste und schrecklichste Frau, die die Vampirschwestern je gesehen hatten. Es war niemand anders als Antanasia, Ihre unerhörte Schönheit. Herrscherin über Transsilvanien. Sie trug ein langes schwarzes Kleid und eine Federstola. Ihre langen schwarzen Haare glänzten und sie lächelte kalt.

„Boi searo zusammen. Es ist mir eine große Freude“, sagte sie.

Neben ihr stand ein bärtiger Diener mit Fliegermütze und Brille. Mit Vampirdienern und Vampirbodyguards hatten Daka, Silvania und Helene schon allerlei schlechte Erfahrung gemacht, sodass sie instinktiv einen Schritt zurückwichen.

Der Diener von Antanasia verbeugte sich leicht. „Mordermuff und blutende Ratte, ich bin Urio“, grüßte er, ohne eine Miene zu verziehen.

Antanasia blickte sich in dem Kellerraum um. Als sie Franz in dem Korb sah, blitzten ihre Augen gefährlich auf. „Was soll das denn hier sein? Menschen als Beschützer? Kinder? Das ist ja lächerlich.“ Antanasia lachte schallend. „Ihr serviert mir meinen Franzox ja auf dem silbernen Tablett.“

Daka gab Silvania ein Zeichen. „Los geht's!“

Kampfesmutig stürzte sich Daka auf Antanasia, doch sie kam nicht weit.

Die Herrscherin über Transsilvanien wehrte sie mit der Hand ab wie eine lästige Fliege.

Daka plumpste in Mihais Doppelschlafsarg. Mit einem lauten Knall klappte der Deckel zu.

„Aua! Silvania“, rief Daka dumpf aus dem Sarg hervor.

Silvania war wie erstarrt gewesen, doch nun riss sie sich zusammen. Sie war die einzige Tepes, die ihrem Bruder noch helfen konnte. „Du kriegst unseren Bruder nicht. Der Bannkreis schützt ihn. Du kannst nicht zu ihm!“, sagte Silvania und sah Antanasia fest in die Augen.

Antanasia verzog ihre Lippen zu einem genüsslichen Grinsen. „Das muss ich auch gar nicht. Du, mein modriges Mägdelein, wirst ihn mir bringen.“

Silvania schüttelte den Kopf und schluckte.

Antanasia ging auf sie zu und es kam Silvania so vor, als würde die blasse Vampirdame mit jedem Schritt größer werden.

„Gib mir deinen Bruder!“ Antanasias Stimme hallte von den Wänden.

Silvania konnte ihren muffigen Atem riechen. Sie war wie gebannt. Gebannt von der Macht und Stärke Antanasias.

Mit eiskalten Augen blickte Antanasia Silvania an. „Rapedadi!“, befahl sie.

Silvania konnte sich gegen Antanasia nicht wehren. Wie in Trance ging sie auf den Korb in dem Bannkreis zu.

„Nein, nicht!“, schrie Jacob. Zusammen mit Helene und Ludo stürzte er auf Silvania zu.

„Hör nicht auf sie!“, rief Helene.
„Silvania, nein!“, warnte Ludo.
Doch noch bevor ihre Freunde Silvania erreicht hatten, hob Antansia ihre schneeweißen Finger und schnipste. FLIPP!
Jacob, Helene und Ludo stoppten mitten im Lauf. Antanasia hatte sie eingefroren. Wie Statuen standen sie im Raum, unfähig, sich zu bewegen.
Es war ganz still im Keller. Bis auf Daka, die versuchte, sich aus dem Sarg zu befreien.
„Los jetzt. Ich hab nicht die ganze Nacht Zeit“, fuhr Antanasia Silvania an.
In dem Moment gelang es Daka, den Sargdeckel ein kleines bisschen anzuheben. Entsetzt musste sie beobachten, wie Silvania auf den Korb zuging und den kleinen Franz herausnahm.
„Gib ihn mir!“, fauchte Antanasia ungeduldig.
„Nein!“, schrie Daka.
Silvania hielt ihren Bruder ganz fest. Sie zitterte am ganzen Körper. Alles in ihr kämpfte. Sie wollte Franz um nichts in der Welt hergeben, doch Antanasias Macht über sie war unausweichlich.
Antanasia schritt auf Silvania zu und entriss ihr das Baby.
„Nein!“, schrie Daka erneut.
„Danke schön!“ Antanasia lächelte fies.
Dann flopste sie sich zusammen mit ihrem Diener aus dem Keller. Und mit Franz. Nur ihr Lachen dröhnte noch eine Weile nach. Dann war es wieder still. Und dann war Antanasias Bann gebrochen. Jacob, Helene und Ludo konnten sich wieder bewegen.

Helene rannte zum Sarg und hob den Deckel, damit Daka hinausklettern konnte. Daka rannte sofort auf Silvania zu und funkelte sie wütend an. „Du hast ihr Franz gegeben!“

Damit verließ Daka den Keller und stürmte aus dem Haus. Wild entschlossen suchte sie den Nachthimmel ab, doch Antanasia war nicht mehr zu sehen.

Silvania kam ebenfalls herausgerannt. „Sie hat mich verzaubert!“, verteidigte sie sich.

Daka schnaubte. „Ausreden. Du bist einfach nur schwach! Ich werde ihnen folgen!“

Daka begab sich in Startposition, doch Silvania hielt sie zurück. „Wir müssen die Polizei rufen! Oder Ursula. Einen Erwachsenen halt. Alleine schaffen wir das nicht.“

Daka schüttelte ihre Schwester entschlossen ab. „Ich schon! Ich hol Franz zurück!“

„Aber das ist viel zu gefährlich für uns.“ Silvanias Stimme zitterte.

„Du bist eben ein totaler Angsthase! Aber egal. Du hältst mich eh nur auf.“ Daka warf Silvania einen wütenden Blick zu und hob dann ab. Sie flog schnell und war bald nur noch ein schwarzer Schatten am Nachthimmel, der Richtung Osten flog.

Silvania sah ihrer Schwester noch lange nach, auch als Daka längst nicht mehr zu sehen war. Verzweifelt und ängstlich starrte Silvania in den Himmel, an dem nur wenige Sterne kleine Hoffnungsschimmer versprühten. Silvania fühlte sich furchtbar klein und furchtbar hilflos.

Stinkbomben-Stopp

Daka fühlte sich schrecklich. Schrecklich, weil sie sich große Sorgen um ihren kleinen Bruder machte. Aber auch, weil sie sich so lebendig und stark wie schon lange nicht mehr fühlte. Durch die Nacht zu fliegen, gab ihr so viel Energie und Kraft. Sie hatte auch keine Angst. Sie war ein Vampir – warum sollte sie vor anderen Vampiren Angst haben?

Daka flog noch schneller und konnte schon bald zwei Gestalten vor dem vollen Mond ausmachen. Antanasia flog elegant durch die Luft, während ihr Diener Urio mit Franz auf dem Arm einen unsicheren Eindruck machte. Er wackelte, trudelte und schließlich landete er schwankend auf einer Lichtung.

Daka bremste besorgt ihren Flug ab und landete lautlos in der Nähe. Was war da los? Jetzt erkannte sie, dass Urio Franz in einer Art Rucksack um den Bauch trug.

Urio blickte angewidert nach unten. „Widerlich! Einfach furchtbar!“, hörte Daka ihn schimpfen. Und sie vernahm ein Geräusch, dass ihr sehr bekannt vorkam. Franz pupste.

„Es ist unmöglich, in diesem Zustand zu fliegen. Das nimmt einem den Atem. Übel, ganz übel!“, beschwerte sich Urio und zerrte Franz ungeschickt aus dem Rucksack. Widerwillig schnüffelte er an dessen

Po. „WAH!“, brüllte Urio entsetzt. „Hier, hier! Das riecht ganz … seltsam!“

Urio hielt Franz in Antanasias Richtung, die sofort angewidert zurückwich. „Bestialisches Teufelswerk. Beheben! Sofort!“, befahl sie.

„Aber …“, wimmerte Urio.

Daka hielt sich in ihrem Versteck den Mund zu, damit sie nicht laut lachte. Sie beobachtete, wie Urio Franz ins Moos legte und mit spitzen Fingern dessen Windel öffnete. Kläglich blickte er seine Herrin an. „Und jetzt?“, fragte er.

Daka grinste. Franz hatte eine von seinen berühmten Stinkbomben gelegt. Das hatten sie jetzt von ihrer bescheuerten Entführung. Aber wer ein Baby entführte, musste eben auch wickeln. Das würde sicher etwas dauern, schließlich war Urio in Sachen Baby offensichtlich sehr unerfahren. Wobei Daka in Sachen Wickeln selbst alles andere als ein Profi war. Pipi nahm sie ja noch in Kauf, aber wenn Franz richtig schlimm stank, machte sie sich schnell freiwillig an ihre Hausaufgaben oder räumte den Tisch ab. Geschwisterliebe hin oder her. In solchen Fällen musste Mama ran. Und heute eben Urio.

Daka schlich etwas tiefer in den Wald hinein und zog ihr Handy aus der Tasche. Sie tippte auf einen Namen und Murdo erschien auf dem Bildschirm.

„Hey, Daka! Lange nichts gehört. Boibine, dass du dich mal meldest. Wie geht’s?“ Der Sänger von Krypton Krax sah verwegen und cool und lässig und einfach megamuffenhammerstark aus wie immer.

Doch Daka hatte dafür heute keinen Blick. Sie sah sich kurz um und flüsterte dann ins Telefon: „Hey, Murdo. Gut, äh, nicht gut. Ich brauche unbedingt deine Hilfe. Ich bin unterwegs zum Schwarzen Schloss, mein kleiner Bruder wurde entführt." Daka hörte ein Rauschen und legte schnell auf. Sie stellte ihr Handy auf lautlos und steckte es wieder ein. Hoffentlich hatte Murdo sie verstanden. Sie sah sich noch einmal um. Da war niemand.

Als sie sich wieder näher an Antanasia und Urio heranschlich, musste sie schon wieder fast kichern. Das Geräusch kam von Antanasia. Die Herrscherin von Transsilvanien putzte sich die Nase. Verzweifelt versuchte sie, Franz' Kackagestank herauszuschnäuben.

Auch Urio war fast grün im Gesicht und sah nach seiner Wickelaktion völlig erschöpft aus. Er hatte Franz sein Hemd um den Po gebunden und trug nur noch ein Unterhemd.

Franz hingegen schien ganz zufrieden zu sein. „Papa, Popo!", brabbelte er fröhlich und Daka grinste. Wenigstens bemerkte Franz gar nicht, was los war und genoss den nächtlichen Ausflug, wie es sich für ein ordentliches Halbvampirbaby gehörte.

„Können wir endlich?", fragte Antanasia, nachdem Urio Franz wieder umständlich in den Rucksack geschnallt hatte.

Urio nickte völlig entkräftet und flog seiner Herrin hinterher, die es eilig hatte, in ihr Schwarzes Schloss zu kommen.

Daka folgte ihnen in sicherem Flugabstand und

hoffte, dass Murdo ihre Nachricht verstanden hatte und sich ebenfalls zum Schwarzen Schloss aufmachte. Ohne Hilfe konnte sie Franz nicht aus den fiesen Fängen Antanasias befreien. Daka wusste das, auch wenn sie Silvania gegenüber so getan hatte, als wäre das völlig vampeasy.

Nachbarschaftshilfe

Silvania stand noch eine Weile im Lindenweg und starrte in den Nachthimmel. Nur langsam ließ Antanasias Hypnose-Macht nach und sie spürte, wie sie stärker wurde. Von wegen schwach und von wegen Angsthase. Silvania war genauso ein Halbvampir wie Daka und sie war genauso die Schwester von Franz. Und wenn ihre Eltern einen auf Kinderfasching machten, dann würde sie eben ihrem kleinen Bruder zu Hilfe eilen. Und vermutlich musste sie auch Daka helfen, die sich mal wieder Hals über Kopf in ein Abenteuer gestürzt hatte. Wie damals, als sie heimlich auf das Krypton-Krax-Konzert geflogen war. Silvania war nämlich mitgekommen, und während Daka Murdo angehimmelt hatte, war Silvania gleich dieser fiese Xantor aufgefallen, den am Ende zum Glück Dirk van Kombast unschädlich gemacht hatte.

Apropos Herr van Kombast. Silvania blickte entschlossen auf das Nachbarhaus. Schwanger oder nicht. Sie musste mit Ursula sprechen. Davon konnte sie kein Vampirjäger der Welt abhalten. Und wenn er dreimal Dirk van Kombast hieß.

Silvania atmete tief durch, ging zur Tür ihres Nachbarn und klingelte ungerührt Sturm.

Nach einer ganzen Weile öffnete ihr ein ziemlich verschlafener Vampirjäger die Tür.

„Entschuldigen Sie die Störung, Herr van Kombast. Aber ich müsste wirklich dringend mit Ursula reden“, sagte Silvania ruhig.

Der Vampirjäger sah Silvania an, als hätte sie nicht mehr alle Fledermäuse im Nachtschrank.

„Was meinst du, was Ursula gerade macht? Es ist mitten in der Nacht!“, empörte sich Herr van Kombast.

„Ja, ich …“ Silvanias Selbstbewusstsein schwand.

„Normale Menschen schlafen um diese Zeit!“, setzte Dirk van Kombast nach und betonte normal etwas zu stark für Silvanias Geschmack.

„Ja, aber ich, äh…“, stammelte Silvania.

„Huhuuuu! Herr van Kombast! Huhuuuu! Schauen Sie mal!“, tönte es da aus dem Vorgarten der Familie Tepes.

Herr van Kombast und Silvania starrten verwirrt in die Dunkelheit des Gartens. Im Schein der Straßenlaterne erkannten sie Mihai, der in einem Sandkasten eine riesige Burg baute.

Jacob, Helene und Ludo standen etwas ratlos daneben. Elvira sprang fröhlich durch den Garten und winkte ihrem Nachbarn begeistert zu. In ihren Augen glitzerte es, als habe sie gerade eine ganz tolle Idee. Dann nahm sie Anlauf, sprang mit einem Juchzer in den Sandkasten und verwüstete die Sandburg, die Mihai so stolz aufgebaut hatte.

„Neiiiiiiin! Schlotz zoppo!“, heulte der entsetzt auf.

Silvania fühlte sich schlagartig in ihre Kindheit zurückversetzt. Sie hatte auch immer Sandburgen gebaut, die Daka mit Vergnügen wieder kaputt gemacht hatte. Aber heute war eigentlich keine Nacht für Kinderspiele. Es ging um das Leben ihres Bruders!

Während Dirk van Kombast kopfschüttelnd seine Nachbarn beobachtete, blickte ihm Silvania ernst in die Augen. „Achten Sie nicht auf meine Eltern. Die sind ein bisschen seltsam heute. Bitte, ich muss mit Ursula sprechen. Sie ist die Einzige, die mir helfen kann. Sie kennt sich doch aus, sie ist doch ... äh ..." Silvania stockte.

Dirk van Kombast sah sie stirnrunzelnd an.

„Krankenschwester!", fiel Silvania ein.

Herr van Kombast nickte ernst. „Ganz genau! Und schwanger und deshalb ..."

Silvania wurde es langsam zu bunt. Sie drängte ihren Nachbarn kurzerhand zur Seite. „Tut mir leid, aber es ist echt wichtig!", rief sie und verschwand im Haus.

Der Vampirjäger kratzte sich verwirrt am Kopf. „He! Moment! Das, äh, wie jetzt?"

Doch Silvania hörte ihn nicht. Sie lief schnurstracks ins Schlafzimmer, wo Ursula lächelnd im Bett saß und sie bereits erwartete. Vampire schlafen nachts schließlich nicht besonders gut und schwangere Vampirfrauen schon gar nicht. Ursula hatte den Tumult an der Haustür und im Nachbarsgarten längst mitbekommen. Sie wurde zwar zum ersten Mal Mutter, doch sie hatte die Vampirschwestern längst in ihr Herz geschlossen und liebte sie fast wie ihre eigenen Töchter.

„Silvania, Schätzchen, was ist denn los?", fragte sie also besorgt, als sie Silvanias ernstes Gesicht sah.

„Ich, es tut mir leid, aber …", begann Silvania.

Der Vampirjäger erschien wütend in der Tür. „Ich habe ihr ausdrücklich gesagt, dass sie um diese Zeit …"

„Schon gut, mein Lieber", unterbrach Ursula ihren aufgebrachten Freund. „Ich bin mir sicher, Silvania hat einen guten Grund."

„Genau!", rief Silvania erleichtert. „Meine Eltern wurden hypnotisiert. Von Vampiren!"

„Was?", rief der Vampirjäger alarmiert. Das klang nach einem Fall für ihn, nicht für seine schwache und noch dazu schwangere Frau!

„Und die Vampire haben meinen kleinen Bruder entführt. Nach Transsilvanien!", rief Silvania.

„Transsilvanien?" Dirk van Kombast riss erschrocken die Augen auf. Vampire in ihrem eigenen Territorium zu schlagen, würde schwierig werden. Aber mit der richtigen Ausrüstung sollte es kein Problem sein, überlegte der Vampirjäger weiter und stellte in Gedanken schon mal seine Anti-Vampir-Waffen zusammen für diesen Einsatz, Großeinsatz!, in Transsilvanien. Ein Vampirjäger auf unerbittlicher Jagd. Das gefiel Herrn van Kombast.

Silvania nickte aufgeregt. „Es war so eine furchtbare Frau. Anastasia, glaube ich."

Ursula blickte Silvania erschrocken an. „Du meinst Antanasia?"

Der Vampirjäger verstand immer nur Antanasia und sah verwirrt von Ursula zu Silvania. Was hatte denn eine Märchentussi mit diesem albernen Namen mit Vampiren zu tun?

„Ja, genau! Du musst mir helfen, bitte!“, rief Silvania.

Ursula richtete sich mühsam auf. „Aber ja, natürlich!“

„Nein!“, schrie Dirk van Kombast. Das war der Moment, SEIN Moment: „ICH werde dir helfen. Ich bin Vampirjäger, das weißt du doch!“

Ursula lächelte schwach und stand schwerfällig aus dem Bett auf. „Ich komme mit.“

Dirk van Kombast drückte sie entschieden zurück und gab ihr einen Kuss auf die Stirn. „Das ist ja ganz reizend, Liebes, aber natürlich völlig indiskutabel in deinem Zustand. So schwanger wie du bist, darfst du sowieso in kein Flugzeug steigen.“

Ursula sah ihren tapferen Vampirjäger lächelnd an und fügte sich.

„Ich werde mit Silvania gehen und den kleinen Franz retten. Ich packe nur noch schnell meine Sachen.“ Damit verschwand Herr van Kombast im Nebenraum.

Ursula und Silvania sahen sich an. Ursula hob entschuldigend die Schultern und streichelte ihren Bauch.

„Nee, bitte!“, beschwerte sich Silvania. „Ich kann deinen Dirk nicht mitnehmen. Da muss ich auf ihn ja auch noch aufpassen.“

Ursula schüttelte den Kopf. „Jetzt übertreibst du aber, Schätzchen. Dirk ist brillant. Er hat viele Qualitäten, die man vielleicht nicht auf den ersten Blick erkennt. Dirk mag impulsiv sein, aber er ist der intelligenteste Mensch, den ich kenne."

Silvania runzelte skeptisch die Stirn, doch Ursula schwärmte weiter: „Er ist verantwortungsbewusst, hochsensibel, total durchtrainiert ..."

„Äh, ja, genau!", bemerkte Silvania und fragte sich, ob sich Schwangerschaften nicht nur auf die Größe des Bauches, sondern auch im Gehirn auswirkten.

„Dirk weiß, was er will und geht seinen Weg. Und nicht zuletzt ist er erfahren im Umgang mit Vampiren. Er wird dir helfen", versuchte Ursula, Silvania zu überzeugen.

Diese erinnerte sich mit Schaudern an das Weihwasser, das ihr Herr van Kombast mal ins Gesicht gespritzt hatte. Wenn Daka ihr damals keine Ladung Heimaterde aus Transsilvanien verpasst hätte ... nur Dracula weiß, ob sie heute hier stehen würde. Silvania grübelte. Andererseits ... es stimmte. Herr van Kombast hatte zweifellos Erfahrung im Umgang mit Vampiren. Er hatte schließlich Xantor und Floxo, zwei ausgewachsene Vampirmänner, mit dem schrillen Q verjagt. Ein ganz besonderer Schrei, den nur wenige Menschen beherrschen und der für Vampirmänner äußerst schmerzhaft ist. Und Dirk van Kombast lebte mit Vampiren in seiner direkten Nachbarschaft und würde demnächst sogar ein kleines Vampirbaby bekommen. Aber davon wusste er ja noch nichts. Wie auch immer. Silvania sah ein, dass Ursula, dick und rund wie sie war, nicht viel ausrichten konnte. Und mit einem Vampirjäger nach Transsilvanien zu fliegen, um den kleinen Franz zu retten, war immerhin noch besser, als mit ihren hypnotisierten Eltern. Silvania nickte ergeben.

Ursula strahlte sie an. Dann wurde sie kurz ernst. „Wenn du vielleicht doch ein bisschen auf ihn aufpassen könntest“, flüsterte sie.

„Aber natürlich pass ich auf sie auf. Ist doch selbstverständlich!“ Dirk van Kombast, selbsternannter Vampirjäger und Mann für gefährliche Großeinsätze, stand breitbeinig in der Tür. Er trug seinen Kampfanzug und hatte seinen Wanderrucksack umgeschnallt. Daraus ragte eine seiner genialsten Erfindungen, denn Dirk van Kombast wusste gar nicht um sein schrilles Q. Er vertraute einzig und allein auf den KNOBINATOR!

Zackig militärisch befahl der Vampirjäger Silvania: „Los geht's. Wir haben keine Zeit zu verlieren!“

Sicherheits-Check

Kurz darauf befanden sich Silvania und Herr van Kombast am Flughafen. Ursula hatte einen Flug für sie gebucht, es war der einzige, der an diesem Tag oder in dieser Nacht, nach Transsilvanien ging. Froh darüber, zwei Tickets ergattert zu haben und nicht selbst fliegen zu müssen, wartete Silvania ungeduldig darauf, ins Flugzeug einsteigen zu dürfen. Ihr Gepäck hatten die Sicherheitsbeamten schon durchsucht und außer einem Klumpen Heimaterde nichts Auffälliges gefunden. Heimaterde war für Vampire, die fern der Heimat lebten, eine lebenswichtige Energiequelle. So wie Vitamine und Spurenelemente für Menschen. Und auch wenn Silvania in ihre alte Heimat fuhr, wollte sie ganz sicher sein. Wer weiß, nachher fand Dirk van Kombast doch noch raus, dass sie ein halber Vampir war, und beschoss sie mit seinem Knobinator. Die Heimaterde gab Silvania ein sicheres Gefühl.

Ein ganz schlechtes Gefühl hatte Silvania jedoch, als die Sicherheitsbeamten Herrn van Kombast baten, seinen Rucksack zu öffnen. Eine Anti-Vampir-Waffe nach der anderen zog dieser hervor. „Ich bin Vampirjäger im Einsatz. Das ist mein Arbeitsgerät", erklärte er selbstsicher.

„Damit können Sie nicht an Bord", sagte einer der Sicherheitsbeamten.

Die Vampirschwestern auf dem Weg in ein neues Abenteuer

Heiße Blicke, verrückte Nachbarn - alles wie immer im Lindenweg?

die Vampir Schwestern 3

Der Vampirjäger ist auch für Buschbrände gut ausgerüste

Mihai liebt Spinnenkuchen und Elvira über alles

Ludo, Jakob und Helene wollen helfen

Unheimlicher Besuch bei Familie Tepes

Gegen Antanasia können die Freunde nichts ausrichten …

… sie entführt den kleinen Franz!

Dirk van Kombast ist zu allem bereit …

… und präsentiert stolz seine Waffen

die Vampirschwestern 3

Im Bus nach Transsilvanien – das kann ja finster werde

Murdo hilft Daka, ins Schwarze Schloss zu gelangen

Daka hat keine Angst vor Antanasia

Wo geht es hier zum Schwarzen Schloss?

die Vampir3 Schwestern

Silvania weiß, wo es langgeht

En garde! Daka kämpft mit Antanasia

Todesmutig griff Silvania zu einer Weihwasser-Spritzpistole. „Doch, doch, das sind nur Attrappen!“, behauptete sie und schoss dem Vampirjäger eine Ladung mitten ins Gesicht.

Der wich empört aus und rief: „Das sind alles andere als Attrappen. Das sind hochtechnisierte Waffen. Da stecken wahnsinnig viele Jahre an Entwicklung drin.“

Das war der Moment, auf den Herr van Kombast schon lange gewartet hatte. Zwei Sicherheitsbeamte, die sich mit Waffen bestens auskannten, begutachteten sein Arsenal. Voller Stolz zog er seinen größten Schatz hervor: den Knobinator!

„Hier, der Knobinator 2.0. Der Abzug stammt ursprünglich von einem Z1000 Laser. Der Kolben ist ein SRA27ger. Rund geschliffen für noch mehr Wumms.“

Ogottogottogott. Der redet sich um Knobinator und Rucksack, dachte Silvania, die genau bemerkte, dass die Beamten immer größere Augen bekamen und sich nervös umschauten.

„Haha“, lachte Silvania übertrieben. „Was für verrückte Ideen! Alles nur Spaß!“, versuchte sie die Situation zu retten.

Aber ein Dirk van Kombast war nicht mehr zu retten. „Was? Unsinn!“, schrie er empört und funkelte Silvania wütend an. Mit zusammengezogenen Augenbrauen wandte er sich wieder an die Beamten: „Diese Waffen sind absolut tödlich.“

Kurz darauf war klar, dass Silvania den Flug canceln konnte. Das einzige Flugzeug nach Transsilvanien würde ohne Halbvampir und Vampirjäger starten.

Stattdessen erwischten die beiden gerade noch einen verrosteten Überlandbus von Trans-Bistrien-Reisen, in dem sogar dieser Spinner von van Kombast völlig normal wirkte. Der Busfahrer trug ein verschwitztes Hemd, darüber eine schäbige Weste und eine Kappe. Er brummte nur, als Silvania und Herr van Kombast einstiegen und sich auf zwei freie Plätze setzten. Auch alle anderen Mitreisenden waren sehr merkwürdig.

Silvania sah sich stirnrunzelnd um. Hinter ihnen saß ein Gypsie-Typ mit einer Gitarre und einer Frau mit wilden schwarzen Locken. Neben ihnen hockte ein ungepflegter Mann mit langen Haaren und Bart. Sein kariertes Hemd starrte vor Dreck. Weiter hinten entdeckte sie ein altes Mütterlein mit Kopftuch und jede Menge Kartoffelkisten. Außerdem flatterten zwei Hühner frei im Bus herum.

Verflixte Hühnerkacke, dachte Silvania. Statt einen blutroten Tomatensaft über den Wolken schlürfen zu können, musste sie in dieser Rostlaube durch die Nacht rumpeln. Sie bedachte Herrn van Kombast mit einem vorwurfsvollen Blick, den er jedoch gekonnt ignorierte.

Stunden später hatte sich Silvania mit der Situation abgefunden. Sie dachte an die Fahrt in dem alten Bus, mit dem die Familie Tepes damals nach Bindburg umgezogen war. Wie aufgeregt sie damals gewesen war! Und jetzt war Franz in Transsilvanien, wo er vorher noch nie gewesen war. Mit fremden Menschen. Nein! Schlimmer! Fremden Vampiren! Oder war es Daka bereits gelungen, Franz aus den Fängen dieser Dracula-Diva zu reißen?

In diesem Moment knurrte etwas neben ihr. Erschrocken drehte sich Silvania um.

Herr van Kombast zeigte entschuldigend auf seinen Magen. Silvania bemerkte, dass sie auch Hunger hatte, und kramte eine Tüte Gummibärchen aus ihrer Tasche, die sie nachbarschaftlich mit dem Vampirjäger teilte. Dankbar nahm dieser die Gummibärchen an und verschlang sie. Hoffnungsvoll sah er Silvania an, doch diese schüttelte den Kopf. „Mehr habe ich leider nicht." Sie lächelte entschuldigend und da bemerkte er es. Herr van Kombast entdeckte ihre spitzen Eckzähne und zuckte erschrocken zusammen.

„Ist was?", fragte Silvania und hielt sich die Hand vor den Mund. Fumpfs! Ihre letzte Dentiküre lag doch kaum zurück, wieso waren ihre Vampirzähne schon wieder so lang und spitz? Das musste diese bescheuerte Pubertät sein. Als Teenager hatte man es echt nicht leicht. Hoffentlich drehte Dirk van Kombast jetzt nicht durch und zog eine seiner Waffen gegen sie. Mit angehaltenem Atem beobachtete Silvania, wie der Vampirjäger in seinem Rucksack kramte.

Doch dann zwinkerte er ihr zu. „Ich sehe, du hast dich vorbereitet. Gut, ich auch!" Er zog ein Vampirgebiss aus Plastik hervor und stülpte es über seine Zähne. Mit einem triumphierenden Grinsen zwinkerte der Vampirjäger Silvania zu.

Silvania grinste zurück und heuchelte Begeisterung. Pompfe! Hilfe! Ein Vampirjäger, der sich als Vampir verkleidette. Ob das gut gehen würde? Egal. Hauptsache Franz retten. Hoffentlich war Daka schon in Transsilvanien …

In der Höhle der Vampire

Daka war Antanasia und Urio durch den Wald bis zu dem Berg gefolgt, in dem sich das Schwarze Schloss befand. Dort landete sie sicher hinter einem Baum und beobachtete, wie die zwei mit ihrem kleinen Bruder in einem Höhleneingang verschwanden.

Fumpfs! Der Eingang war sicher bewacht von Vampirwächtern. Daka blieb nichts anderes übrig, als auf Murdo zu warten. Hoffentlich kam er auch! Daka starrte nervös auf ihr Handy. Gerade als sie ihn erneut anrufen wollte, fiepte es. Aber – das war nicht ihr Handy. Es fiepte aus ihrem Hüftbeutel. Daka öffnete ihn.

„Karlheinz! Was machst du denn hier?“, rief sie erfreut, als sie ihr geliebtes Schleimtier entdeckte.

„Na, auf dich aufpassen, was denkst du denn?“, fragte Karlheinz, doch Daka verstand ihn natürlich nicht.

„Ich bin so froh, dass du da bist. Mein liebster Mordermuffel!“ Daka kraulte Karlheinz den Kopf und schloss dann ihren Beutel wieder. „Tschüss, bis später“, flüsterte sie.

Daka beobachtete ungeduldig den Wald hinter sich und den Höhleneingang vor sich. Kein Murdo. Aber auch keine Wachen zu sehen. Dakas Herz begann, schneller zu schlagen. Franz war da drin und in Gefahr. Murdo kam und kam nicht. Sie musste es allein wagen. Daka ging entschlossen auf die Höhle zu, als sie von hinten gepackt und wieder hinter den Baum gezogen wurde. Bevor Daka schreien konnte, flüsterte ihr jemand etwas ins Ohr. Daka entspannte sich wieder. Diese Stimme würde sie unter Tausenden erkennen.

„Ich bin's. Murdo!", wisperte Murdo.

Dakas Herz machte einen doppelten Flugsalto. „Murdo!", freute sie sich.

Murdo sah Daka mit seinen tiefschwarzen Augen an. „Leise", murmelte er. Dann lächelte er sie an. Ein Lächeln, für das seine weiblichen Fans jederzeit sterben würden, wenn sie nicht schon Vampire wären. Ein Lächeln, das in dieser Nacht nur Daka galt. „Hallo!", sagte Murdo.

Daka stockte der Atem. So nah war sie Murdo noch nie gekommen. Sie spürte seine kalten Hände auf sich und konnte seinen fantastischen Muffelgeruch riechen.

Murdo hielt Daka ganz fest und sein Herz schlug genauso schnell wie ihres. Für einen Moment war alles vergessen, es gab nur Daka und Murdo, Murdo und Daka. Die Schwärze der Nacht hüllte sie ein wie eine wärmende Decke. Es war mucksfledermäuschenstill.

Schließlich ließ Murdo Daka los.

Daka zeigte in Richtung Höhle. „Franz ist im Schwarzen Schloss."

Murdo hielt Daka zurück. „Wir können da nicht einfach reinmarschieren. Das ist viel zu riskant. Wir gehen morgen rein, da habe ich einen Passierschein."

„Einen Passierschein?", flüsterte Daka verwundert.

„Ja." Murdo nickte. „Morgen ist die Krönungszeremonie und ich werde die transsilvanische Nationalhymne singen."

Daka schüttelte den Kopf, dass ihre stacheligen Igelhaare wackelten. „Ich muss sofort rein. Ich kann nicht so lange warten."

„Antanasia ist gefährlich, sie hat starke magische Kräfte", sagte Murdo eindringlich.

Daka zuckte mit den Schultern. „Ein Grund mehr, gleich reinzugehen!"

Murdo seufzte. „Ropscho. Versuchen wir es."

Murdo ging Daka hinterher, die schon am Höhleneingang war. Dort nahm er eine Fackel von der Wand und die beiden schlichen vorsichtig immer tiefer in die Höhle hinein. Es war feucht und modrig. Herrliche Luft, fand Daka. Auch Murdo genoss die muffige Umgebung, obwohl er genauso nervös war wie Daka.

Schließlich wurde der Gang immer höher, bis er sich ganz öffnete.

„Schlotz zoppo!", rief Daka überrascht. Sie standen in einer riesigen, gigantischen Grotte. Mitten in der Grotte erhob sich schwarz und mächtig das Schwarze Schloss. Es hatte viele spitze Türme und aus den Fenstern schimmerte goldenes Licht.

„Ist das schön!", flüsterte Daka überwältigt.

Murdo stellte die Fackel ab, denn es war hell genug. „Ja, da haben sie auch ein paar Jahrtausende dran gearbeitet."

Daka bewunderte Antanasias Schloss. Sie konnte sich gar nicht von dem majestätischen Anblick losreißen. Das Schloss übte eine magische Anziehungskraft auf Daka aus. So, als ob sie schon immer hierher gehört hätte. Daka bemerkte gar nicht, dass Murdo schon weiterging. Erst als er sich umdrehte und nach ihr rief, folgte sie ihm langsam. Im Vorhof des Schlosses versteckten sie sich und beobachteten die zwei Vampire, die vor der riesigen Eingangstür Wache schoben.

„Das sind Bodo und Izel, die Vampirwächter. Ich habe gehört, dass sie zwar stark, aber nicht übermäßig schlau sind", flüsterte Murdo Daka zu.

Daka starrte durch die Dunkelheit zu den Vampirwächtern. Die Laternen am Eingang flackerten unregelmäßig. Beide Wachen hatten Lanzen in der Hand. Izel war groß und dünn und hatte lange Haare. Er bohrte in der Nase. Bodo war groß und dick, kratzte sich an seinem Kinnbart und zeigte auf die Laternen. „Na, mach schon!", forderte er Izel auf.

Der bohrte ungerührt weiter. „Mach du doch!"

„Jetzt werd nicht frech!", meinte Bodo und gab Izel eine gehörige Kopfnuss. Auch wenn das die übliche Begrüßungsart in Transsilvanien war, wusste Daka, dass diese Geste nicht unbedingt freundschaftlich gemeint war.

Auch Izel hatte verstanden. Er zog seinen Finger aus der Nase und drehte an einer Kurbel. Ein Surren erklang und die Laternen leuchteten heller und gleichmäßiger.

„Warte noch hier!“, flüsterte Murdo und ging auf die beiden Vampirwächter zu.

Izel erkannte ihn sofort und stupste aufgeregt Bodo an. „Hey, ist er das? Ist er das?“

Murdo kam näher und Izel begann zu strahlen. „Das ist er!“

Murdo baute sich vor den Vampirwächtern in seiner lässigsten Rockstarpose auf. „Hoi boi, Leute. Alles modrig bei euch?“, fragte er.

Jetzt strahlte auch Bodo. „Schlotz zoppo! Murdo Dako-Apuseno, leibhaftig!“

Izel drängte sich vor Bodo. „Hi, Murdo! Ich bin ein Riesenfan von dir. Krypton Krax sind die Besten! Du bist der Beste! Ihr seid zensatoi futzi!“ Izel umarmte Murdo, bis Bodo ihn zur Seite schob. „Kann ich ein Autogramm haben?“ Er krempelte seinen Ärmel hoch und hielt Murdo seinen sehr blassen und sehr muskulösen Unterarm hin.

Murdo kannte solche Szenen seit Hunderten von Jahren und nickte nur. „Klar!“ Er zog einen tiefschwarzen Stift und verzierte Bodos Arm mit seinem Namen. Er war kaum fertig, als Izel seinen Ärmel hochzog. Seine Arme waren komplett tätowiert.

Auf so eine Gelegenheit hatte Daka gewartet. Die beiden Vampirwächter waren abgelenkt und sie schlich sich an ihnen vorbei. Unbemerkt von Bodo und Izel, aber nicht von Murdo.

„Nein!“, entfuhr es ihm, als er Daka ins Schloss huschen sah.

Izel sah ihn irritiert an. „Wieso denn nicht?“, fragte er enttäuscht. „Er hat doch auch eins bekommen.“

„Ich, nein … Ich meinte nur …“ Murdo fuhr sich nervös durch seine langen Haare. Dann zeigte er auf Izels Tattoos. „Da ist doch gar kein Platz auf deinen Armen mit den ganzen Tattoos.“

„Ach so.“ Izel kratzte sich am Kopf. „Dann hier.“ Stolz grinsend deutete er auf seine Stirn.

Murdo zögerte kurz, zuckte aber dann mit den Schultern und unterschrieb. Verrückte Fans.

Izel grinste Bodo triumphierend an, der etwas neidisch auf seinen Kollegen mit dem abgefahrenen Autogramm war.

Murdo hatte jetzt genug von der Signierstunde. Er war schließlich nicht zum Spaß hier. „So, war nett mit euch, aber jetzt muss ich echt rein“, sagte er und zog seinen Passierschein.

Bodo nahm den Schein an sich und las ihn mit zusammengezogenen Augenbrauen. „Sorry, aber der Passierschein ist erst für morgen.“

„Tatsächlich?“ Murdo tat überrascht. „Gibt’s ja nicht. Aber wo ich schon mal da bin? Ich könnte ja den Soundcheck machen.“

Bodo schüttelte wichtig den Kopf. „Nimm’s nicht persönlich, aber wir dürfen dich nicht reinlassen. Unsere Chefin ist da echt pingelig.“

Murdo seufzte. „Ach, komm. Antanasia muss das ja nicht wissen.“

Bodo blieb hart. „Sorry, zu riskant. Wir machen jetzt dicht. Die Sonne kommt gleich.“

Murdo bemerkte, dass schwaches Morgenlicht in die Grotte fiel.

„Fumpfs!“, rief Murdo.

„Beeil dich lieber!“, warnte Bodo.

„Bis morgen, Azdio!“, meinte Izel.

Murdo war hin- und hergerissen. Daka war allein im Schwarzen Schloss. Und er konnte ihr nicht beistehen. Aber er musste weg. Mit der Sonne war schließlich noch weniger zu spaßen als mit Antanasia.

Daka sah, wie Murdo den Abflug machte. Aber sie wusste, dass er wiederkommen würde, sobald er konnte. Und sie hatte schließlich ihren treuen Karlheinz an ihrer Seite oder besser: in ihrem Hüftbeutel. Mutig schritt Daka die dunklen Gänge des Schwarzen Schlosses ab. Von Weitem konnte sie ein Heulen ausmachen. Aber das klang nicht nach Franz. Eher nach einem Wolf. Daka schauderte, doch sie ging unbeirrt weiter. Hier und da standen Särge und Kerzenständer, Daka erkannte sogar ein paar Ritterrüstungen und alte Bilder hingen an den Wänden.

Plötzlich hörte sie Stimmen. Geschickt flopste sie an die Decke und klammerte sich dort fest wie Spiderman. Zwei Vampirwächter gingen unter ihr den Gang entlang. Die Vampire bemerkten sie nicht. Erleichtert flopste sich Daka wieder auf den Boden zurück.

Daka schlich weiter, bis sie in einen größeren Raum gelangte. Dort blieb sie abrupt stehen. Da hing ein Gemälde an der Wand. Von ihr selbst!

Daka starrte das Bild an. Aber es war kein Bild. Es war ein Spiegel. Ein wunderschöner alter Spiegel mit verschnörkeltem Rahmen. Und sie war darin kein Stück verschwommen, sondern ganz klar zu erkennen. Daka betrachtete sich einen Moment, als ihr Spiegelbild ihr plötzlich zuwinkte und „Hallo" rief.

Daka sah verwirrt zu ihrem Arm. Der hing herab.

Daka blickte zurück in den Spiegel. Wieder winkte ihr die Spiegel-Daka zu.

Daka runzelte die Stirn. Dann hüpfte sie kurz hoch. Doch ihr Spiegelbild schlug ein Rad. Erstaunt ging Daka ihrem Spiegelbild entgegen.

„Boi motra! Boi venti! Willkommen im Schwarzen Schloss!", rief die Spiegel-Daka.

Daka schaute sich um. Das war ihre Stimme.

„Komm näher!", sagte die Spiegel-Daka freundlich und streckte Daka die Hand entgegen.

Vorsichtig ging Daka näher an den Spiegel heran.

„Ja, weiter!", lockte sie die Spiegel-Daka und hielt ihr die Hand hin.

Daka griff in den Spiegel hinein.

Die Spiegel-Daka nickte aufmunternd. Daka gab sich einen Ruck und sprang in den Spiegel hinein.

Sie landete auf einem dunklen Boden aus Vulkangestein. Neugierig blickte Daka auf. Sie befand sich in einem riesigen Raum, der von Fackeln erleuchtet wurde. Blitzende Schwerter und anderen Waffen waren in speziellen Ständern aufgestellt. An der Kopfseite des Raumes führten ein paar Treppen zu einem prunkvollen Thron. Und darin saß niemand anderes als Antanasia. Die Herrscherin Transsilvaniens.

„Dakaria, ich freue mich!“, sagte Antanasia. Anders als im Keller, als sie Franz entführt hatte, sprach sie mit weicher Stimme.

Daka schluckte. Antanasia war unerhört schön und von ihr ging eine ganz besondere Macht aus. Sie sah ... cool aus, stellte Daka fest. Schwarze Lederhose, die Haare schwarz glänzend mit einem mattgoldenem Diadem darin, Netzhandschuhe und High Heels – genauso würde Daka sich auch anziehen, bis auf die Schuhe vielleicht. Daka drehte sich um und schaute in den Spiegel, durch den sie gekommen war. Zack! Daka hatte die gleichen mördercoolen Sachen an wie Antanasia.

„Bei Dracula!“, staunte sie. Selbst die hohen Schuhe standen ihr klasse!

Antanasia lächelte und stand im Nu direkt hinter Daka. Sie sah aus, als wäre sie ihre Mutter. Daka drehte sich ruckartig um und sah an sich herunter. Sie trug wieder ihre normalen Sachen. „Netter Trick. Aber wo ist mein Bruder?“, fragte sie barsch.

„Franzox?“, entgegnete Antanasia unschuldig. „Der schläft in Moder und Frieden.“ Antanasias Augen funkelten, als Franz’ Bild im Spiegel erschien. Er schlief selig in einer Wiege und nuckelte an einem schwarzen Schnuller. Ein kleiner Pups entfuhr ihm. Daka atmete erleichtert auf. Mit ihrem kleinen Bruder war alles in Ordnung.

„Führ mich zu ihm“, verlangte Daka.

„Natürlich, natürlich“, sagte Antanasia sanft.

„Alles zu seiner Zeit. Wir wollen ihn doch jetzt nicht aufwecken. Die Reise war anstrengend. Er war sehr müde. Und du bist sicher auch erschöpft. Komm, ruh dich erst mal aus."

Antanasia zeigte mit ihrem vornehm blassen Finger auf eine Abhäng-Kette neben ihrem Thron. „Häng dich ab. Hast du Durst? Hunger?", fragte sie.

Erst jetzt bemerkte Daka, wie schwach sie war. Sie war wirklich müde und hungrig. Seit Elviras Spinnenkuchen hatte sie nichts mehr gegessen. Wie lange war das her? Bindburg erschien Daka sehr weit weg.

Antanasia hob gebieterisch ihre Arme. Prompt erschienen ein Vampirdiener und eine Vampirdienerin. Der Diener trug ein silbernes Tablett, auf dem Daka köstliche Snacks erkannte. Blutchips, geröstete Riesenspinnen, eingelegte Rattenschwänze und schwarzen Fliegenpudding. Daka tropfte etwas Speichel von ihren Eckzähnen. Die Dienerin brachte einen altmodischen Trinkbecher und eine Karaffe randvoll mit dunklem Blut. Sie schenkte das Blut in einen Becher und reichte ihn Daka.

Zögernd nahm Daka den Becher. „Ist das pur?", fragte sie.

Antanasia nickte. „Natürlich!"

„Zu Hause darf ich das nicht", bemerkte Daka unsicher.

Antanasia lachte. „Kindchen, du bist in Transsilvanien. Hier darfst du alles!"

Ermutigt setzte Daka den Becher an und trank ihn

in einem Zug leer. Sofort spürte sie, wie ihre Kraft zurückkehrte. Ihre volle Vampirkraft! Mit funkelnden Augen ging sie einen Schritt auf Antanasia zu. „Dann will ich jetzt sofort zu meinem Bruder!“, verlangte sie.

„Na, na, na. Was ist denn das für ein Ton?“, fragte Antanasia vorwurfsvoll.

Daka verschränkte unbeeindruckt die Arme. „Der Ton ist völlig korrekt. Du hast meinen Bruder entführt!“

Antanasia sah Daka geduldig an. „Aber nein, ich habe ihn nicht entführt. Ich habe ihn bloß in seine Heimat gebracht.“

„Seine Heimat ist bei uns!“, rief Daka aufgebracht. „Du willst ihn uns wegnehmen!“

„Nein, ich will ihn zum König von Transsilvanien machen“, entgegnete Antanasia sanft.

„Aber er ist gefangen!“, empörte sich Daka.

Antanasia schüttelte leicht den Kopf. „Er ist nicht gefangen. Er wird unser König. Und der König kann alles machen, was er will. Alles, und noch viel mehr!“ Antanasia reichte Daka ihre eiskalte Hand. „Komm, ich führ dich zu ihm!“

Unterwegs mit Vampirjäger

Während Daka sich bereits in den Tiefen des Schwarzen Schlosses befand, zuckelten Silvania und Herr van Kombast der aufgehenden Sonne entgegen. Silvania hatte inzwischen ausgewachsenen Hunger. Ein paar Fliegen und Mücken hatte sie sich heimlich zwischen die Zähne geschoben, aber sie würde alles für ein ordentliches Käferkonfitüre-Brötchen oder etwas Blutwurst mit Speck geben. Hin und wieder erwischte sie sich sogar, wie sie gierig die Halsschlagader ihrer Mitreisenden betrachtete. Dirk van Kombasts Hals kam ihr auf einmal verlockend köstlich vor. Er roch wie immer nach Ginseng-Patschuli. Silvania tropfte etwas Speichel von ihren Eckzähnen, den sie schnell einsog.

Puh, wie peinlich. Hoffentlich hatte das niemand bemerkt. Der bärtige Mann grinste sie so merkwürdig an. Dabei entblößte er einen Eckzahn. Einen spitzen Eckzahn. Besorgt sah sich Silvania um. Waren hier noch mehr Vampire unterwegs? Nein, beruhigte sich Silvania. Die Sonne schien am Himmel und vernünftige Vampire schliefen um diese Zeit.

Der Mann packte sein Frühstück aus und begann, eine ziemlich unappetitliche Pampe in sich reinzulöffeln. Silvania wandte sich angewidert ab.

In diesem Moment zuckte der Vampirjäger neben Silvania zusammen. Er nickte unmerklich mit dem

Kopf in die Richtung des futternden Mannes. „Schau mal, der da! Ist das etwa ein Vampir? Der Eckzahn …" Herr van Kombast schwitzte nervös.

Noch bevor Silvania antworten konnte, lachte der Mann. Er öffnete seinen Mund und offenbarte halbzerkauten Matsch zusammen mit einem einzigen Zahn.

Dirk van Kombast atmete erleichtert auf. Kein Vampir. Nur ein ziemlich zahnloser Mann, der seinen Brei aß. Doch die Erleichterung hielt nicht lange. Der Mann hielt Herrn van Kombast seine Schüssel hin und lächelte auffordernd. „Bitte scheeen!", krächzte er.

Silvania grinste, als der Vampirjäger sich erneut neben ihr verkrampfte. Sie wusste, dass Dirk van Kombast zwar hungrig war, aber lieber sterben würde, als Quatsch mit Soße zu essen.

„Oh, no, gracias", wehrte dieser ab und zwinkerte Silvania selbstzufrieden zu. Ein Herr van Kombast war eben in jeder Sprache zu Hause, konnte sich überall in der Welt verständigen. Auch im Niemandsland kurz vor der transsilvanischen Grenze. Doch auch seine beeindruckenden Sprachkenntnisse hielten den Mann nicht davon ab, erneut sein Frühstück anzubieten. „Ist guuuut!", behauptete er und wedelte mit dem Teller direkt unter der Nase des Vampirjägers herum. Herr van Kombast drückte verzweifelt seinen Kopf in die Lehne und versuchte eine andere Taktik: „Danke, danke. Aber ich leide an einer schweren Laktoseintoleranz. Und Gluten ist auch ganz schlecht für mich. Ich vertrage auch keine, äh, Artischocken, Erdbeeren, roten Paprika, Eigelb, Trockenfrüchte, Gurke, Hülsenfrüchte, Tomaten, gekochte Leber, Pastinaken und Backerbsen. Selbst Spuren von Sesam und Nüssen lösen bei mir einen allergischen Schock aus."

Der Mann zog schulterzuckend seine Schüssel zurück und löffelte genüsslich weiter. Dirk van Kombast atmete auf. Seine Taktik war aufgegangen. Sprache als Waffe war nicht zu verachten. Ihm konnte eben so schnell keiner was vormachen. Schon gar nicht vorkauen. Nicht mal ohne Zähne.

Der Vampirjäger zwinkerte Silvania noch einmal zu, die sich schon darauf freute, all dies ihrer Schwester zu erzählen. Und ihren Eltern. Wenn sie wieder normal waren. Sofern man eine Mutter, die Klobrillen designte, und einen Vampir-Vater überhaupt als normal bezeichnen konnte. Wie es wohl zu Hause lief?

Genervte Elternsitter

Im Lindenweg 23 lief es ziemlich mies. Jacob und Helene hatten versucht zu schlafen, während Ludo die Nachtschicht mit den überdrehten Tepes-Eltern übernommen hatte. So war er in den zweifelhaften Genuss einer Karaoke-Vorstellung von Elvira und Mihai gekommen. Begeistert hatten sie gesungen: „Das sind Bibi und Tina, auf Amadeus und Sabrina. Sie jagen im Wind, sie reiten geschwind, weil sie Freunde sind. Weil sie Freunde sind. HEX, HEX!"

Ludo hatte sich gewünscht, sein Opa wäre da gewesen und hätte die beiden weggezaubert. ZISCH, ZOSCH! Aber leider war Ali Bin Schick nicht da und Ludo konnte weder hexen noch zaubern.

Irgendwann waren die beiden nervigen Eltern jedoch in Mihais Doppelsarg gefallen und eingeschlafen. Als Ludo sich über die beiden beugte, um zu schauen, ob sie auch wirklich schliefen, wachte Mihai wieder auf. Ludo zuckte verzweifelt zusammen. Bitte, lass sie schlafen!, flehte er innerlich.

Mihai grinste ihn frech an und rülpste ausgiebig. Dann schloss er die Augen und schnarchte weiter.

Angewidert und müde schlurfte Ludo ins Wohnzimmer. Eltern sein war echt ein harter Job. Und Babysitter von Eltern zu sein, nicht mal von den eigenen!, war am schlimmsten.

Helene schlief im Sessel, während Jacob sich auf dem Sofa ausgestreckt hatte.

„Hey, Jacob!“, rief Ludo schlecht gelaunt.

Jacob schreckte hoch. „Was ist?“, rief er alarmiert.

„Kannst du jetzt mal auf die beiden aufpassen? Sie schlafen, aber wer weiß, wie lange, und sie stellen nur Unsinn an. Der Keller ist total verwüstet.“

„Was war denn los?“ Jacob rieb sich die Augen.

„Das willst du nicht wissen“, brummte Ludo.

„Du Armer.“ Jacob sah Ludo mitleidig an und stand auf.

Ludo schnappte sich die Decke und ließ sich völlig fertig auf das Sofa fallen. Er gähnte ausgiebig und seine Augen klappten zu, als ihm noch was einfiel. „Ach ja. Und die Sportlehrerin hat auch angerufen. Sie kommt heute Nachmittag vorbei.“

„Was? Stimmt! Die kommt ja auch noch.“ Jacob wollte Ludo noch was fragen, doch der schlief bereits. Vielleicht träumte er von einem Schwarzen Schloss mitten in den dunklen Wäldern Transsilvaniens ...

Gefährliche Grenze

Silvania war wohl eingenickt, denn als sie aufwachte, bemerkte sie, dass die Landschaft um sie herum sich verändert hatte. Sie war wilder, rauer – gefährlicher geworden. Silvania lächelte. Sie hätte nicht gedacht, dass sie sich in ihrer alten Heimat so wohlfühlen würde. In der Ferne konnte sie die Grenze zu Transsilvanien ausmachen. Der Bus ruckelte über die holprige Straße und hielt plötzlich unvermittelt an. Silvania und Herr van Kombast sahen sich verwirrt an.

„Transsilvania. Finstere Höhlenland. Heimat von die Vampire", sagte der Fahrer mit Grabesstimme und bekreuzigte sich.

Die Mitreisenden bekreuzigten sich ebenfalls. Silvania und Herr van Kombast standen auf und gingen zum Fahrer.

„Wie jetzt?", fragte der Vampirjäger.

„Sie hier aussteige", sagte der Fahrer.

„Nein, nein, nein!", rief Herr van Kombast aufgebracht. „Sie können uns doch nicht einfach hier im Nirgendwo rauswerfen. Wir haben bezahlt bis …"

Der Fahrer schüttelte den Kopf. „Nein, no, niet. Auf gar keinen Fall. Sie aussteige und weg. Schnelle, schnelle. Ich nix weiter. Zu gefährlich. Viele, sehr gefährlich."

Der Vampirjäger wühlte in seinem Rucksack. „Verdammt, wo ist die Fahrkarte?"

Silvania stupste Herrn van Kombast in die Seite und zeigte auf die anderen Reisenden, die die beiden böse anstarrten.

„Raus oder wir fahre weiter!", drohte der Fahrer.

„Das ist doch nicht zu fassen." Dirk van Kombast gab auf. Ein Mann musste wissen, wann ein Rückzug angesagt war. Beleidigt griff er seinen Rucksack und stieg mit Silvania aus dem Bus.

Sofort raste dieser mit quietschenden Reifen davon. Staub wirbelte auf.

Der Vampirjäger und Silvania starrten ihm nach und sahen sich dann vorsichtig um. Sie standen direkt neben einem alten Schlagbaum, der die Grenze zu Transsilvanien markierte. Die Schranke hing schief und daran war ein Warnschild befestigt. Darauf prangte ein Gebiss mit spitzen Zähnen, von denen Blut tropfte. „Achtung, Vampire! Stopp! Danger!" war darunter geschrieben.

Dirk van Kombast kramte in seinem Rucksack und zog endlich die Fahrkarte heraus. „Ha! Hier steht's. Rot auf schwarz. Finsteres Höhlenland/ Schwarzes Schloss. Dafür haben wir bezahlt!" Herr van Kombast ballte die Faust und winkte wütend dem Bus hinterher, der mittlerweile klein wie ein Spielzeugauto aussah. „So eine Frechheit! Servicewüste Transsilvanien! Das könnt ihr machen, mit wem ihr wollt, aber nicht mit mir!"

Silvania sah ihren Nachbarn herausfordernd an. „Was wollen Sie machen? Aus dem Bonusmeilen-

Programm aussteigen?“ Sie stapfte entschlossen in Richtung Transsilvanien.

„Ich wusste gar nicht, dass man hier Bonusmeilen sammeln kann, das ist ja interessant!“, brummte der Vampirjäger. Dann zog er sein Handy und fotografierte sich selbst vor dem Warnschild. Lässig stellte er sich in Pose. Vampirjäger enters Transsilvania!, unterschrieb er das Bild und schickte es ab.

Silvania war stehen geblieben und sah ihn ungläubig an.

Dirk van Kombast nickte ihr zu und lächelte. „Für Ursula!“

Kopfschüttelnd lief Silvania weiter. Da hieß es immer, die Jugendlichen seien ständig am Handy. Herr van Kombast war keinen Babypups besser.

Jetzt aber nichts wie ab zu meinem Franz, dachte Silvania und marschierte strammen Schrittes auf den Wald zu. Der Vampirjäger schloss sofort auf und Silvania nutzte die Gelegenheit, ihm die wichtigsten Regeln in diesem Land zu vermitteln. Sofern man ein Mensch war. Für Halbvampire galten die Regeln nur bedingt, aber Herr van Kombast hielt sie ja für einen Vollmenschen, sodass sie sich voll an die Regeln halten musste, um nicht als Vampir aufzufallen.

„Regel Nummer drei: Immer schön mit Moder einreiben, denn Vampire haben gute Nasen. Keine offenen Wunden! Haben Sie welche?“, fragte Silvania besorgt.

Der Vampirjäger schüttelte den Kopf und Silvania nickte erleichtert. „Regel Nummer vier: Knoblauch,

Weihwasser und Kreuze sind stets mitzuführen", fuhr sie fort.

Der Vampirjäger klopfte bestätigend auf seinen Rucksack.

Silvania musterte Herrn van Kombast von Kopf bis Fuß. „Und natürlich der Gang. Vampire gehen auch anders."

„Wie anders?", fragte der Vampirjäger und lief etwas langsamer.

„Anders eben. Elastischer, schwungvoller – manchmal fast ein bisschen schwebend", erklärte Silvania.

„So vielleicht?" Dirk van Kombast trabte wie Hans-guck-in-die-Luft über den Waldboden und stolperte prompt über eine Wurzel.

„Das müssen wir, glaub ich, noch üben", bemerkte Silvania.

Der Vampirjäger blieb eingeschnappt stehen. „Ach ja? Und woher willst du das alles so genau wissen?"

Silvania blieb ebenfalls stehen. „Na ja. Das sind die sieben goldenen Regeln für den Umgang mit Vampiren. Was denn sonst?"

„Ach so, ja klar, natürlich." Herr van Kombast nickte wissend. „Aber woher kennst DU die Regeln? Du bist doch keine Vampirjägerin."

Silvania zuckte ein wenig zusammen. Fumpfs! Doch dann kam ihr eine Idee: „Ach so, ich habe natürlich alles gelesen. Ich liebe Vampirromane! Besonders die von Franziska Barton, das ist die Mutter von meinem Freund Jacob. Am liebsten mag ich

Liebesgeschichten zwischen Vampiren und Menschen. Ich finde es so romantisch, wenn ein Vampir und ein Mensch sich ineinander verlieben und zusammen sind bis in alle Ewigkeit!“ Silvania seufzte sehnsuchtsvoll.

Der Vampirjäger seufzte ergeben. Er musste an seine Ursula denken. Die las auch ständig diesen Vampirschrott.

„Finden Sie nicht auch?“, fragte Silvania selig lächelnd.

„Mensch und Vampir? Pah, nee!“, schnaufte Herr van Kombast. Er ging weiter und schüttelte sich. „Das ist ja widerlich!“, rief er. Verliebt in einen Vampir. Wo gab es denn so etwas?

Der Mond ist aufgegangen

Daka und Antanasia standen in Franz' Schloss-Kinderzimmer an seiner Wiege und beobachteten ihn verzückt.

„Siehst du? Er schläft tief und fest", flüsterte Antanasia.

Daka streichelte ihrem geliebten Babybruder zärtlich über die dicken Backen. Er schlief so tief und fest und sah so zufrieden aus. Daka traute sich nicht, ihn zu wecken.

„Gönnen wir ihm noch ein bisschen Schlaf, hm? Er war so müde", sagte Antanasia und Daka nickte, wenn auch zögerlich.

„Ropscho. Dann warte ich eben." Sie setzte sich an die Seite neben das Bettchen, Antanasia nahm auf der anderen Seite Platz.

Daka betrachtete Franz und begann leise zu singen: „Der Mond ist aufgegangen, die goldnen Sternlein prangen, am Himmel hell und klar. Der Wald steht schwarz und schweiget, und aus den Wiesen steiget, der weiße Nebel wunderbar."

Antanasia blickte Daka mit großen Augen an. „Was ist das?", fragte sie tonlos.

„Was?", fragte Daka zurück.

„Dieses Lied", flüsterte Antanasia.

„Na, ‚Der Mond ist aufgegangen' natürlich", erwiderte Daka. Kannte Antanasia das Lied etwa nicht? Daka zuckte mit den Schultern. Vielleicht kannte Daka es auch nur, weil ihre Mutter ein Mensch war. Vielleicht hatten Vampire es tatsächlich noch nie gehört. Da gab es schließlich andere Lieder, die jedem Vampir geläufig waren. Mihai konnte so manches transsilvanische Heimatlied singen und die Krypton-Krax-Songs waren natürlich auch sehr bekannt.

Antanasia starrte Daka an. In ihren Augen schimmerten Tränen.

„Ist alles okay mit dir?“, fragte Daka besorgt.

Antanasia reagierte nicht. Sie schien in ihren Gedanken weit weg zu sein. Daka wedelte mit ihren Händen vor Antanasias Gesicht herum.

Antanasia zuckte zusammen. „Äh, ja, sicher“, murmelte sie.

Daka musterte Antanasia prüfend. Was verbarg die Herrscherin von Transsilvanien? Daka konnte sich keinen Reim auf ihr Verhalten machen. Als sie in Bindburg gewesen war, um Franz zu holen, war sie kalt und unnahbar gewesen. Sie hatte ihre Macht gnadenlos ausgenutzt, um das zu bekommen, was sie wollte. Hier im Schwarzen Schloss hatte Daka eine ganz andere Antanasia kennengelernt. Geheimnisvoll sicherlich, aber auch verletzlich und freundlich. Wie auch immer. Es wurde Zeit, dass der kleine Blutsauger aufwachte und sie mit ihm die Fliege machen konnte. Murdo würde sicher auch bald eintreffen und gemeinsam fanden sie sicher einen Weg, Antanasia auszutricksen. Ungeduldig sah sich Daka in dem Zimmer um. Antanasia hatte es schön muffig und genau richtig gruselig für ein Halbvampirbaby eingerichtet. Daka nahm ein kleines Vampirkuscheltier in die Hände. Es war ganz offensichtlich mit viel Liebe, aber wenig Geschick genäht worden.

Antanasia lächelte entschuldigend. „Hab ich selbst gemacht. Für Franzox."

„Auf jeden Fall besonders", bemerkte Daka anerkennend und grinste Antanasia an.

„Handarbeit gehört nicht zu meinen Stärken. Ich bin eher der sportliche Typ", erklärte Antanasia.

„Ich auch!", sagte Daka. Antanasia wurde ihr immer sympathischer.

„Ach ja? Was machst du besonders gerne?", fragte die Herrscherin Transsilvaniens.

Daka spürte, dass Antanasia sich ernsthaft für sie interessierte, und antwortete, ohne zu zögern: „Basketball, Tischtennis, früher mal Vampirfechten. Das war coolox. Aber das geht in Deutschland nicht."

„Echt? Das ist ja schade. Willst du es mal wieder versuchen?", bot Antanasia an.

„Kannst du auch fechten?", fragte Daka begeistert.

Antanasia schmunzelte. „Ja, ein bisschen. Ich war mal Weltmeisterin im Vampirfechten. Ist aber schon ein paar Jahrhunderte her."

„Wow!" Daka staunte.

„Wollen wir?", fragte Antanasia.

„Was? Wie? Äh, klar! Ja! Zensatoi futzi!" Daka war platt wie eine Ratte, über die sich ein Vampir hergemacht hatte. Damit hätte sie niemals gerechnet. Die Herrscherin Transsilvaniens gab ihr Fechtunterricht! Das war … das war fast so cool wie das Krypton-Krax-Konzert, bei dem Murdo von allen Fans ausgerechnet sie auf die Bühne geholt und mit ihr abgerockt hatte.

Doch dann fiel Daka Franz wieder ein. „Aber –“, begann sie, doch Antanasia unterbrach sie. „Hier verpasst du nichts. Franz schläft. Ihm geht es gut.“

Antanasia stand auf. „Komm!“

Daka stand auf, zog Franz die Bettdecke zurecht und folgte Antanasia.

Verlaufen

Fumpfs! Silvania und der Vampirjäger hatten sich verlaufen.

„Bäume, Bäume, nichts als Bäume!“, fluchte Herr van Kombast und versuchte verzweifelt, Netzempfang für sein Handy zu bekommen. Ohne seine Navi-App kamen sie sonst nie an. „Keine Ahnung, wo es zum Schwarzen Schloss geht. Sieht doch alles gleich aus hier. Und keine Menschenseele, die man fragen könnte. Es ist zum Verrücktwerden“, schimpfte der Vampirjäger. Er steckte sein Handy weg und trank etwas.

Silvania war einfach weitergelaufen. Sie genoss die modrige Luft, das dunkle Grün der Bäume, die Stille. Sie vertraute zum ersten Mal im Leben ganz auf ihren vampirischen Instinkt. Sie war ganz sicher, dass sie das Schwarze Schloss schon bald finden würden.

Na, bitte. Silvania grinste. „Herr van Kombast, hier geht's lang!“, rief sie triumphierend.

„Und woher will das Fräulein das jetzt wieder wissen?“, fragte der Vampirjäger genervt, kam aber hinter ihr her. Als er um die Ecke bog, staunte er nicht schlecht.

„Schilder, Schilder, nichts als Schilder!“, rief Silvania und zeigte auf die Wegweiser um sie herum und übersetzte: Schwarzes Schloss Westeingang, Schwarzes Schloss Osteingang, Schwarzes Schloss Lieferanteneingang, Bistrien.

„Da steht's ja", erkannte Dirk van Kombast.

„Sag ich doch", meinte Silvania und grinste.

„Und welchen Eingang nehmen wir?", fragte der Vampirjäger.

Silvania machte ein ratloses Gesicht, dann zählte sie aus: „Eine kleine Fledermaus, zog sich mal die Hosen aus, zog sie wieder an und du bist dran!"

Silvanias Zeigefinger deutete auf das Schild: Schwarzes Schloss Haupteingang. Entschlossen ging sie in die angezeigte Richtung. „Hier lang!"

Furioses Fechten

Antanasia führte Daka durch die verwinkelten Gänge ihres Schlosses zurück in den Thronsaal. „Da sind wir wieder!“

Der Thronsaal lag völlig im Dunklen. Alle Fackeln waren aus. Das einzige Licht fiel durch die Flügeltür, in der Daka und Antanasia standen. Dennoch raubte der prunkvolle Raum Daka erneut den Atem.

„Würdest du uns bitte Licht machen?“, bat Antanasia.

Daka folgte ihr zu einer großen Feuerschale. „Äh, ich? Ich, okay ...“ Daka kramte in ihrem Hüftbeutel nach einer Schachtel Streichhölzer, um damit die erste Fackel anzuzünden.

Karlheinz nutzte die Gelegenheit: „Lass dich von der bloß nicht um den blassen Finger wickeln!“, fiepte er aufgeregt. Doch Daka achtete nicht auf ihn, sie hatte nur Augen und Ohren für die falsche Schlange Antanasia.

„Meine kleine, modrige Daka. Was haben die Menschen nur mit dir gemacht? Du bist ein Vampir! Hast du das schon vergessen?“ Antanasia schüttelte ungläubig den Kopf. Ihre Augen funkelten in der Dunkelheit.

„Was? Wie?“ Daka war völlig verunsichert. Sie sollte doch Licht machen.

„Schon gut", meinte Antanasia beruhigend. „Wir bekommen dich schon wieder hin."

Sie hob ihre Arme in einer eleganten Bewegung in die Höhe. WUSCH!

Im ganzen Saal entzündeten sich die Fackeln und Feuerschalen wie von Geisterhand. Oder besser: Vampirhand.

Daka war einen Moment lang sprachlos. „Hoi boi!" war alles, was sie dann herausbrachte.

Antanasia zog lächelnd zwei Säbel aus einem der vielen Waffenständer im Saal und warf einen Daka zu, die ihn geschickt auffing.

Dann bewegte sich Antanasia wie eine Katze auf Daka zu. Es war, als tanzte sie mit dem Säbel durch den Raum. „Komm!", forderte sie Daka heraus und ging in Position.

Daka bewegte sich vorsichtig auf Antanasia zu. Ihre Augen funkelten und ihr Herz pochte wie verrückt. Dann wagte sie einen Hieb, den Antanasia elegant abfing.

„Ja!", bestärkte Antanasia Daka, die sofort wieder zum Angriff überging.

„Gut gekämpft. Boibine! Du hast großes Talent!", lobte Antanasia. „Das Kämpfen liegt dir im schwarzen Blut!"

Daka strahlte über das ganze Gesicht. Sie wurde immer mutiger und schon bald flog sie mit ihrem Säbel durch den Thronsaal und vollführte tollkühne Sprünge.

Antanasia flog, flopste und sprang nicht weniger viel.

Überwältigt und glücklich lachten die beiden Kämpferinnen. Sie genossen diesen furiosen Fechtkampf.

„Jaaa! Wir sind wild! Wir sind frei! Wir tun, was wir wollen – und niemand kann es uns verbieten!“, rief Antanasia euphorisch.

Daka drehte mehrere Flugrollen hintereinander. Sie fühlte sich genauso, wie Antanasia es beschrieben hatte. Frei und wild. Endlich konnte sie ihre vampirische Seite voll ausleben. Hier gab es keine bescheuerten Regeln, hier konnte sie ganz sie selbst sein. Wenn sie nicht unter der Erde gewesen wäre, hätte Daka schwören können, sie sei im siebten Vampirhimmel. So wollte sie leben. Sie fühlte sich einfach nur gut, boibine, zensatoi futzi!

Allerdings schien sich jemand anderes alles andere als wohlzufühlen. Daka hörte ein schleimiges Würgen. „Oh, Karlheinz, ist dir schlecht geworden?“ Daka öffnete ihren Hüftbeutel.

Sofort kroch Karlheinz an die frische Moderluft und sah vorwurfsvoll hinaus. Er war ganz grün im Gesicht. „Sag mal, geht’s noch? Ich bin doch kein Hüpftier!“, würgte er hervor.

Auch wenn Daka ihn wie immer nicht verstanden hatte, deutete sie seinen Blick ganz richtig. „Entschuldige, ich habe völlig vergessen, dass du da drin hockst.“

Karlheinz wollte ihr gerade verzeihen, als Daka über beide Vampirzähne strahlte. „Es ist unglaublich hier. Einfach vampwahnsinnig! Ich fühle mich so gut wie schon lange nicht mehr!“

„Na, großartig. Ich riskiere Schleim und Leben, um dich zu beschützen vor dieser Dracula-Diva, und dir tut es nicht mal leid, mich wie einen Flummi behandelt zu haben“, brummte Karlheinz.

Daka kraulte ihn ausgiebig und Karlheinz überlegte, ihr vielleicht doch zu verzeihen. Außerdem brauchte sie ihn. Karlheinz beobachtete nämlich, wie Antanasia heimlich Dakas Handy an sich nahm, auf dem ein Anruf von Murdo geleuchtet hatte. Entsetzt beobachte das Schleimtier, wie Antanasia den Anruf wegdrückte und das Handy in einer Steinvase verschwinden ließ. Doch noch bevor Karlheinz Daka ein Zeichen geben konnte, steckte sie ihn zurück in ihren Hüftbeutel und verschloss diesen.

Antanasia ging lächelnd auf Daka zu. „Komm, ich zeig dir was!“ Sie nahm Daka am Arm und führte sie aus dem Thronsaal in einen breiten Gang. An der Wand hing eine lange Reihe von alten Gemälden. Aus kostbaren Rahmen blickten ihnen die vergangenen Herrscher Transsilvaniens entgegen. Auf dem vorletzten Bild war Antanasia zu sehen. Daka bewunderte das moderne Bild. Dann sah sie zum letzten Gemälde. Es war leer. Nur ein wunderschöner Rahmen mit glitzernden Perlen, Blumen und Schmetterlingen hing an der Wand.

„Sieh sie dir an“, sagte Antanasia voller Ehrfurcht. „Die Herrscher über Transsilvanien. Von Anbeginn der Zeit bis in alle Ewigkeit …“ Sie zeigte auf den leeren Rahmen. „Und das hier ist Franzox’ Platz. Ich habe extra diesen schönen Rahmen für ihn fertigen lassen. Gefällt er dir?“

Daka nickte begeistert. „Megaschön!“

Antanasia führte Daka weiter durch das Schloss. „Ach, Franzox wird ein großartiger Herrscher. Und du eine ebenso großartige Herrscher-Schwester.“ Antanasia wandte sich an Daka und sah ihr direkt in die Augen. „Ich bin wirklich froh, dass du hier bist“, sagte sie und die Worte trafen Daka direkt in ihr vampirisches Herz. Sie strahlte Antanasia an, die ihr ein warmes Lächeln schenkte.

Als sie weitergingen, hörte Daka plötzlich aus einer Tür eine Melodie spielen. Die Tür war nur halb so groß wie alle anderen und weiß lackiert. Unter dem Spalt schimmerte Licht. Daka blieb verwundert stehen. Es klang wie eine Spieluhr. Sie spielte: „Der Mond ist aufgegangen“. Wieso hatte Antanasia denn vorhin so getan, als kenne sie das Lied nicht?

„Kommst du?“, rief Antanasia, die schon fast an Franz’ Tür angekommen war.

Daka runzelte die Stirn und folgte ihr langsam.

Antanasia brachte Daka ins Bett neben Franz’ Wiege und deckte sie liebevoll zu.

„Schlaft schön, meine Lieben“, flüsterte sie. „Boi noap.“ Antanasia blies die Fackeln aus, doch Daka schoss einen heißen Blick ab und entzündete eine der Fackeln gleich wieder. Sie grinste. „Ein kleines Nachtlicht.“

Antanasia lächelte und hauchte Daka und Franz eine Kusshand zu. Dann verließ sie das Kinderzimmer und schloss sanft die Tür.

Daka kuschelte sich eng an ihren kleinen Bruder. Glücklich und erfüllt schlief sie sofort ein.

Sie ahnte nicht, dass Murdo zum tausendsten Mal versuchte, sie zu erreichen. Ebenso wenig wusste sie, dass ihre Schwester zusammen mit ihrem Nachbarn auf dem Weg zu ihr war. Und sie hatte keine Ahnung, dass Karlheinz verzweifelt nach einem Weg suchte, Daka vor Antanasia zu schützen. Die schleimte sich doch nur bei ihr ein. So etwas erkannte Karlheinz sofort. Mit Schleim kannte er sich schließlich bestens aus.

Der Knobinator-Kampf

Silvania und der Vampirjäger erreichten atemlos das Schwarze Schloss. Während Dirk van Kombast die Umgebung nur nach möglichen Gefahren, insbesondere Vampiren, abscannte, bewunderte Silvania insgeheim das Schloss. Es war so düster und doch so wunderschön. Würde dort ein Vampirprinz auf sie warten, sie würde sofort zu ihm ziehen. Doch dann fiel Silvania Jacob ein und sie schämte sich ein bisschen. Sie hatte einfach zu viele Liebes-Vampirromane gelesen.

Hach, aber wie traumhaft es hier war. Das nächste Mal musste Jacob mit nach Transsilvanien kommen und nicht Herr van Kombast. Der hatte einfach überhaupt keinen Sinn für Vampirromantik. Arme Ursula.

Silvania beeilte sich, hinter dem Vampirjäger herzulaufen. Der schritt direkt auf den Haupteingang zu. Wollte der etwa einfach so hier reinmarschieren? Am Tor machte er halt und lauschte. Silvania tat es ihm nach.

Sie hörten, wie sich die zwei Vampirwachen, Bodo und Izel, unterhielten.

„Ich muss ins Bett.“ Izel gähnte.

„Wo bleibt denn schon wieder die Ablöse? Dass die nie pünktlich sein können“, maulte Bodo.

Müde Vampire, dachte Dirk van Kombast. Mit

denen würde er leicht fertigwerden. Entschlossen klopfte er an die Tür.

„Wer kommt denn jetzt?“, fragte Bodo verwundert. Er öffnete eine Luke in der Tür. Unter ihm spähte Izel aus einer weiteren Luke hervor. Auf seiner Stirn stand noch immer das Murdo-Autogramm.

„Hände hoch, Murdo!“, zischte der Vampirjäger und drückte den Lauf seines Knobinators durch die Luke an Izels Kopf.

Izel hob erschrocken die Hände. Wieso hielt ihn dieser Typ für Murdo?

Dirk van Kombast nickte Bodo zu. „Du, aufmachen! Aber gaaaanz langsam. Sonst bekommt dein Freund meinen Knobinator zu spüren.“

„Nein, njop!“, rief Bodo entschieden.

Herr van Kombast versuchte es bei Izel, der sichtlich ängstlich war. „Du! Aufmachen!“, befahl er.

„Nie, niemals, nici doi viati“, wisperte Izel verunsichert.

Der Vampirjäger schaltete mit lässiger Miene seinen Knobinator ein. „Ihr habt es nicht anders gewollt!“, knurrte er und drückte ab.

Nichts geschah. Der Vampirjäger drückte erneut ab. Wieder geschah nichts. Hektisch fummelte Herr van Kombast an seinem Knobinator herum.

Bodo grinste durch die Luke und öffnete dann langsam die Tür. „BUH!“, machte er und nahm dem Vampirjäger mit einem Ruck die Waffe weg. „Ha, Knobinator, dass ich nicht lache!“

Auch Izel war wieder obenauf und kicherte albern. „Ja, haha. Dass wir nicht lachen. Wohl eher Müllinator. Oder Blödinator!"

„Und jetzt zu euch zwei Hübschen." Bodo drückte Izel den Knobinator in die Hände und ging mit finsterer Miene auf den Vampirjäger und Silvania zu.

Izel untersuchte neugierig den Knobinator und drückte auf den Knöpfen herum. Plötzlich sprang die Waffe an und eine Knoblauchwolke dampfte aus dem Lauf. Sie waberte genau in Bodos Gesicht. Der große Vampirwächter verdrehte die Augen und sank zu Boden.

Entsetzt starrte Izel erst Bodo, dann den Vampirjäger und Silvania an. Er ließ den Knobinator fallen und rannte davon.

Überrascht sahen sich Silvania und Herr van Kombast an. Silvania stupste Bodo leicht mit dem Fuß an. „Bewusstlos", stellte sie fest.

Der Vampirjäger reichte Silvania sein Handy. „Hier." Er nahm sich den Knobinator und stellte sich in Terminator-Position über Bodo. Den Knobinator im Arm, den Fuß auf Bodos Bauch. Dann strahlte er.

Silvania runzelte ratlos die Stirn.

„Na, mach schon!", unterbrach Herr van Kombast sein Grinsen. „Für Ursula!"

Silvania seufzte und fotografierte ihren Nachbarn, den Super-Vampirjäger.

Dann schlichen die beiden Seite an Seite hinein in das Schwarze Schloss.

Der Vampirjäger hatte seinen Knobinator im Anschlag und ging voraus. Hinter jeder Ecke sprang er hervor, immer bereit, eine Knoblauchwolke abzuschießen. Er deutete mit dem Kopf auf eine Tür und machte wilde Zeichen.

Silvania öffnete die Tür vorsichtig. „Wo sind wir hier?“, fragte sie.

„Das ist bestimmt der Thronsaal. Das Zentrum der schwarzen Macht“, vermutete Dirk van Kombast.

Vorsichtig ging er in den Raum und zielte mit dem Knobinator nach links und rechts.

Silvania folgte ihm und tastete an der Wand nach einem Schalter. Das Licht ging an.

Vor ihnen stand ein Klo. Ein herrschaftliches zwar, aber ein Klo. Enttäuscht ließ der Vampirjäger seine Waffe sinken.

Silvania grinste. „Schwarze Macht, ja?“

Die bittere Wahrheit

Endlich erreichten Silvania und der Vampirjäger das Kinderzimmer des Schlosses. Silvania schlich hinein, während Herr van Kombast im Gang stehen blieb, um Wache zu halten. Einen Moment lang betrachtete Silvania verzückt ihren geliebten Babybruder. Am liebsten hätte sie ihn sofort geknuddelt und abgeknutscht, doch dann würde er aufwachen und laut quietschen und böse Geister anlocken. Vielmehr Vampire.

Also ging Silvania zu Daka und schüttelte sie. „Daka, wach auf! Daka!“, flüsterte sie.

„Silvania?“, murmelte Daka im Halbschlaf.

„Pscht, leise. Wir holen euch hier raus. Komm, schnell!“, wisperte Silvania.

„Hey!“ Daka lächelte erfreut.

„Beeil dich! Rapedadi! Wir dürfen keine Zeit verlieren.“ Silvania zog ihrer Schwester die Decke weg, doch Daka hielt sie fest.

„Jetzt warte mal“, brummte sie.

Silvania zog weiter an der Decke. „Was soll das, Daka? Komm jetzt!“

Der Vampirjäger hatte bemerkt, dass es Schwesternstreit gab, und verließ seinen Wachposten an der Tür. „Könnten sich die Damen vielleicht ein bisschen beeilen? Es kann jeden Moment jemand kommen …“

Daka sah Herrn van Kombast irritiert an. „Was will der denn hier?“, fragte sie.

Silvania blickte Daka in die Augen „Er hilft uns. Er ist auf unserer Seite. Er kämpft mit uns gegen Antanasia.“

„Aber Antanasia …“, begann Daka und fuhr sich unsicher durch ihre strubbeligen Stachelhaare.

„Was?“, fragte Silvania ungeduldig.

„Also, das hört sich jetzt vielleicht erst mal ein bisschen komisch an, aber ich finde es hier eigentlich ganz boibine.“ Daka zuckte verlegen mit den Schultern.

„Was?“, zischte Silvania entsetzt.

„Antanasia ist voll nett“, verteidigte sich Daka.

„Sag mal, spinnst du?“ Silvania vergaß vor lauter Wut, leise zu sprechen. Hatte Daka den Verstand verloren? Hatte diese Hexe ihr was in die Blutsuppe gekippt? „Sie hat Franz entführt! Sie will, dass er ihr Thronfolger wird.“

„Ja, eben“, erwiderte Daka trotzig. „Sie macht ihn zum König. Und dann kann er tun und lassen, was er will.“

„Und das glaubst du?“ Silvania konnte es nicht fassen. „Hast du Moder in der Birne? Er wird ihr Gefangener sein.“

Jetzt wurde Daka ebenfalls wütend. „Nein, gefangen ist er in Deutschland, so wie ich. Hier könnte er frei sein. Und ich auch. Endlich!“

„Hast du zu viel Blut getrunken? Das ist doch alles gigantischer Gumox! Sie erzählt dir doch nur, was du hören willst.“ Silvania ging ganz nah an

Daka heran. „Und was ist mit Mama und Papa? Hast du an die mal gedacht?"

Daka blickte beschämt zu Boden.

Der Vampirjäger hatte inzwischen wieder an der Tür Position bezogen und zischte nervös: „Könnt ihr das vielleicht später ausdiskutieren? Wir müssen jetzt wirklich gehen."

Die Vampirschwestern beachteten ihn nicht. Silvania sprach eindringlich auf Daka ein: „Du wirst unsere Eltern nie wiedersehen!"

Daka schüttelte wild den Kopf. „Nein, das stimmt nicht. Wenn Franz König ist, können wir doch machen, was wir wollen. Wir können Mama und Papa herholen, sie besuchen oder auch ganz nach Hause zurück ...", warf sie ein.

Silvania stemmte ihre Hände in die Hüften. „Dann glaubst du dieser Hexe mehr als Papa?"

In dem Moment sprang der Vampirjäger hektisch ins Zimmer. „Da kommt jemand!"

„Das ist bestimmt Antanasia. Frag sie doch selbst", sagte Daka.

Silvania und Herr van Kombast sahen sich panisch an. Silvania deutete auf einen großen alten Schrank. „Da rein!"

Sofort hüpften sie in den Schrank und verschlossen leise die Türen. Gerade noch rechtzeitig, denn Antanasia trat ein. Sie trug ein Tablett mit einer Babyflasche und einem Becher. Stirnrunzelnd sah sie sich um. „Ich dachte, ich hätte Stimmen gehört."

Daka wurde leicht rot unter ihrer blassen Haut. „Das war meine ..." Ups, Daka unterbrach sich.

„Deine was?“, hakte Antanasia nach. Sie ging durch das Zimmer und sah sich misstrauisch um.

„Mein Bruder“, behauptete Daka. „Und ich. Also wir beide. Wir haben gerade Hund und Katze gespielt. Miau?“

Antanasia blickte mit zusammengezogenen Augen zu Franz, der friedlich schlief und weder Wau noch Miau machte. Ausnahmsweise nicht mal Pups! „Franzox schläft“, sagte sie kalt.

„Er ist ein schlafender Hund“, versuchte Daka die Situation zu retten.

Prüfend sah Antanasia Daka an. Sie blickte ihr direkt in die Augen, doch Daka hielt stand. Schließlich trat Antanasia mit einem Lächeln zu Franz und streichelte ihn. „Er wird mir treu ergeben sein!“, seufzte sie.

„Was meinst du damit?“, fragte Daka alarmiert.

„Ich meine natürlich, dem Volk treu ergeben.“ Jetzt versuchte Antanasia, sich rauszureden. „Als König musst du immer die Wünsche des Volkes erfüllen. So ist das nun mal.“

Daka runzelte die Stirn.

„Boi noap, Dakaria“, wünschte Antanasia und verließ das Zimmer.

„Boi noap“, sagte Daka schroff.

Im Inneren des Schrankes atmeten Dirk van Kombast und Silvania erleichtert aus. Doch dann fasste der Vampirjäger an einen Hebel. „Was ist das denn?“, fragte er und zog daran.

„NEIN!“, rief Silvania entsetzt.

Doch es war zu spät – Herr van Kombast hatte

eine Art Falltür geöffnet und die beiden flogen und fielen.

Daka hörte nur ein Poltern. Als sie zum Schrank stürzte und ihn öffnete, war er leer. „Silvania? Herr van Kombast?“, rief sie entsetzt.

Aber die beiden waren verschwunden.

Weiter unten im Schloss rappelte es in einer großen Truhe. Urio, der gerade das Gemälde Ihrer unerhörten Schönheit Antanasia abstaubte, zuckte erschrocken zusammen. Hatte jemand gesehen, wie er dem Bild eine Kusshand zugeworfen hatte? Urio war unsterblich sterblich verknallt in seine Herrin, aber das durfte keiner wissen. Der Vampirdiener sah sich vorsichtig um. Da war niemand. Nur die vielen grausigen Herrscher Transsilvaniens blickten vorwurfsvoll auf ihn herab. Wieder rumpelte es. Urios Blick fiel auf die alte Truhe unter den Bildern. Er lief zu ihr und öffnete sie langsam.

In der Truhe lagen völlig ineinander verkeilt ein blonder Mann in einem merkwürdigen Anzug und das andere Tepes-Mädchen.

„Na, wen haben wir denn da? Welch reizende Überraschung. Die Schwester! Und …“ Urio überlegte kurz. „Ihren Diener?“

Der Vampirjäger schnaubte entrüstet. „So weit kommt’s noch!“ Er war schließlich nicht nur Vampirjäger, sondern auch ein äußerst erfolgreicher Pharmavertreter.

Urio packte Herrn van Kombast und Silvania und zog sie unsanft aus der Truhe.

„Aua, das tut weh!“, beschwerte sich Silvania.

Auch der Vampirjäger mochte es gar nicht, so grob behandelt zu werden. Schon gar nicht von einem Vampir. „Lassen Sie mich sofort los! Das ist Freiheitsberaubung! Ich werde Beschwerde einlegen beim transsilvanischen Bundesbeschwerdeamt! Genau, und dann wird Ihnen Hören und Sehen vergehen!“, schimpfte er.

Urio lachte nur und hielt die beiden Eindringlinge weiterhin fest.

„Wenn mein Bruder erst mal hier König ist, dann können Sie was erleben“, versuchte Silvania eine andere Taktik. „Dann macht er Sie fertig! Er wird nicht zulassen, dass Sie so mit seiner Schwester umgehen!“

Urio grinste. „Träum weiter, Kleine!“ Er kam so nah an Silvanias Gesicht, dass sie seinen blutigen Moderatem riechen konnte. „Sobald Antanasia deinem lieben Brüderlein die Krone aufsetzt, wird er nicht mehr wissen, wer du bist. Er wird niemanden von deiner Familie mehr kennen. Er wird euch alle vergessen! Sie heißt nicht umsonst Krone des Vergessens!“

Geschockt sahen sich Silvania und der Vampirjäger an.

Urio lachte fies. „Ja, so ist das. So geschieht es immer. Seit Jahrtausenden. Auch mit Antanasia ist es einst geschehen. Nach der Krönung vergessen sie alles. Alles!“

Damit zog Urio Silvania und Herrn van Kombast mit sich, bis er den Gang erreichte, in dem sich eine Luke nach draußen befand.

Lässig stieß er die beiden aus der Flugluke und winkte: „Guten Flug! Boi fugli!"

Nachdem Silvania und der Vampirjäger ihre erste Möglichkeit verpasst hatten, den transsilvanischen Luftraum (per Flugzeug) zu erkunden, hatten sie nun die Gelegenheit, dies (ohne Flugzeug) nachzuholen.

„AAAAAHHHHH!", schrien die beiden, als sie in rasender Geschwindigkeit eine Steilwand hinunterflogen. Oder besser: Der Vampirjäger fiel, der Halbvampir Silvania begann zu fliegen und packte Herrn van Kombast an der Hand. Dankbar blickte der sie an, bis ihn plötzlich blankes Entsetzen überkam – Silvania flog! Das konnte nur eins bedeuten: Sie war nicht besser als alle anderen hier in diesem verfluchten Transsilvanien. Silvania Tepes war ein Vampir. Hier hatte er den schrecklichen Beweis. Panisch versuchte der Vampirjäger, Silvanias Hand abzuschütteln. „Lass mich los! Lass mich sofort los!", schrie er.

„Wirklich?", fragte Silvania und deutete nach unten.

„NEIN!", gab der Vampirjäger zu und flog mit Silvania mit, bis sie wieder sicheren Boden unter ihren Füßen hatten. Sofort schlug Herr van Kombast Silvanias Hand weg und rannte davon, als wäre der Vampir hinter ihm her. Dass es nur ein sehr menschlicher Halbvampir war, spielte in diesem Moment keine Rolle. Der Vampirjäger hatte genug gesehen. Ängstlich sah er sich um, doch Silvania folgte ihm nicht.

Dirk van Kombast fühlt sich unangreifbar ...

... doch kann er Urio entkommen?

die Vampir3 Schwestern

Fumpfs! Silvania und der Vampirjäger in der Fa

Urio hat finstere Pläne mit seinen zwei Gefangenen

Ein Mann – ein Esel!

Daka ist Antanasias Geheimnis auf der Spur

die Vampir 3 Schwestern

Elvira und Mihai außer Rand und Ban

Kann Ali Bin Schick dem Spuk ein Ende setzen?

Elvira und Mihai sind nicht zu bremsen

Murdo möchte Daka helfen, Franz zu befreien

die Vampir 3 Schwestern

Heimliche Vorbereitungen

Die Krönungszeremonie hat begonnen

Für die Vampirschwestern gilt jetzt alles oder nichts!

Azdio und bis bald in Bindburg?

die Vampir3 Schwestern

Hilfe, ich bekomme ein Vampirbaby!

Ein Zipfel Blutwurst für die Kleine?

die Vampirschwestern 3

Sie sank erschöpft auf die Knie und rief: „Nein, bitte! Herr van Kombast! Kommen Sie zurück!“

Doch Herr van Kombast dachte gar nicht daran. Er hatte es immer gewusst. Seine Nachbarn waren nicht ganz normal. Sie waren Vampire. Seit seine Mutter einst von Vampiren in den Wahnsinn getrieben worden war, hatte er sich geschworen, dass ihm das niemals passieren würde. Er würde die Vampirheit bekämpfen und anschließend den Menschen beweisen, dass es diese Blutsauger wirklich gab. Dann könnte seine Mutti endlich aus diesem Irrenhaus entlassen werden. Und er hätte eine Oma für sein ungeborenes Kind.

All diese Gedanken schossen Herrn van Kombast durch den Kopf, während er durch den Wald raste. Nach einer Weile erreichte er den Waldrand und lief über ein Feld, an dessen Ende ein Bauer mit seinem Esel stand. Wenn schon kein Fluchtauto, dann eben ein Esel. Der Vampirjäger war bereit, sich der Situation anzupassen. Er rannte auf den Esel zu und sprang auf. Der Esel lief sofort los, wenn auch eher vor Schreck. Und langsam. Viel zu langsam. Herr van Kombast machte ein paar ungelenke Reitbewegungen und der Esel zockelte etwas schneller.

Verwundert sah der Bauer dem merkwürdigen Gespann nach und zog tief an seiner Pfeife. War da eben wirklich ein blonder Soldat aus dem Wald geschossen und hatte seinen geliebten Esel Marcox entführt? Diese Ausländer glaubten auch, sie könnten sich alles erlauben. Aber der Bauer blieb ruhig. Marcox würde seinen Weg schon zurückfinden.

Bahn frei, Kartoffelbrei!

Während Herr van Kombast auf einem Esel floh, Silvania durch den dichten transsilvanischen Wald stapfte und Daka noch immer nicht begriffen hatte, dass sie Teil eines finsteren Spiels war, spielten Elvira und Mihai im Lindenweg fröhlich wie zwei Kinder im Abenteuerland.

„Bahn frei, Kartoffelbrei!“, kreischte Elvira und rutschte mit Mihai die Treppe auf einer Matratze hinunter. Im Flur angekommen purzelten sie übereinander und kugelten sich vor Lachen.

Dingdong, klingelte es. Helene und Ludo rannten zur Haustür und Helene schaute durch den Spion. „Die Bönisch!“, zischte sie entsetzt.

„Mist!“ Ludo betrachtete ratlos die Tepes-Eltern.

Als es zum zweiten Mal klingelte, wandte sich Helene an Elvira und Mihai. „Wisst ihr was? Wir spielen jetzt Mutter, Vater, Kind.“

Ludos Miene hellte sich auf. „Sie sind die Mutter.“ Er zeigte auf Elvira. „Und Sie der Vater.“ Ludo deutete auf Mihai.

„Und wir sind die Kinder“, rief Helene.

„Warum macht ihr nicht auf?“, fragte Jacob, der die Treppe herunterkam.

Helene zeigte zur Tür. „Und das ist die strenge Sportlehrerin, die sich beschweren will, weil wir Kinder in der Schule nicht brav waren.“

Jacob begriff. „Mist!“, meinte er.

„Au ja!“, rief Elvira begeistert.

Mihai zog beleidigt eine Schnute. „Ich will aber die Mutter sein!“

DINGDONG, klingelte es zum dritten Mal.

Helene sah Mihai aufmunternd an. „Wir können ja nachher tauschen. Jetzt erst mal ... Mutter ... Vater“, sie deutete erst auf Elvira und dann auf Mihai.

Mihai verschränkte beleidigt die Arme. Elvira streckte ihm die Zunge raus.

Kurz darauf saßen die beiden aber brav auf dem Sofa und spielten Vater und Mutter. Sie hielten sogar Händchen und hörten Frau Bönisch aufmerksam zu, die ihnen gegenüber in einem Sessel saß. Helene und Jacob hatten sich neben die Tepes-Eltern gesetzt, um sie gegebenenfalls bei Laune zu halten, und Jacob hatte sich kurzerhand auf den Boden gesetzt.

Frau Bönisch war sichtlich aufgebracht. Mihai und Elvira sahen sie mitleidig an.

„Ich weiß gar nicht, wo Silvania die Waffe überhaupt herhatte. Ich spürte nur plötzlich diese schreckliche Hitze am Po und dann diesen Schmerz ...“ Frau Bönisch konnte kaum weitersprechen. Tränen stiegen ihr in die Augen. Spontan stand Elvira auf und legte ihren Arm um die Lehrerin. Auch Mihai erhob sich von seinem Platz und reichte ihr ein Taschentuch.

„Heutzutage Lehrerin zu sein, ist wirklich nicht leicht.“ Frau Bönisch schniefte.

„Diesen frechen Kindern müsste man mal ordentlich die Hammelbeine lang ziehen." Mihai gefiel sich sichtlich in seiner Rolle als Vater.

Auch Elvira hatte der Ehrgeiz gepackt, eine gute Mutter zu sein. „Genau! Wir sperren sie in den Keller. Zwei Wochen lang. Bei Kohlrabiauflauf und Kamillentee!", rief sie.

„Drei Wochen mindestens!", korrigierte Mihai.

Elvira lachte anerkennend. „Oder wir lassen sie gar nicht mehr raus!"

Mihai begann ebenfalls zu lachen und nickte begeistert.

Frau Bönisch hörte auf zu weinen und sah irritiert von einem zum anderen. „Aber, es sind doch noch Kinder!"

„Ja, genau. Diese bösen, bösen Kinder." Mihai beugte sich vor und begann, an der Sportlehrerin zu schnüffeln. „Sie riechen betörend, meine Liebe!", raunte er.

„Ach ja …" Frau Bönisch lächelte verlegen. „Ich habe ein neues Parfüm. Freut mich sehr, wenn es Ihnen gefällt."

Mihai schnupperte weiter an der Lehrerin, doch bevor er ihrem Hals zu nahe kam, sprang Helene auf und reichte einen Teller in die Runde. „Ein Stück Kuchen vielleicht, Frau Bönisch? Der ist selbst gebacken!"

Frau Bönisch schüttelte bedauernd den Kopf. „Das ist wirklich sehr nett von dir, Helene, aber du weißt ja, zu viele Kohlenhydrate."

Mihai schnappte sich den Teller. „Dann nehme ich!"

„Ich auch, ich auch!“, rief Elvira und stürzte sich auf den Kuchen.

Entgeistert beobachtete die Lehrerin die Tepes-Eltern, die fröhlich Kuchen mampften. Sie sah auf ihre Uhr und stand auf. „Oh, hab ich ja ganz vergessen. Ich habe einen Termin, äh, bei meinem Arzt. Wegen, äh, dem Verband. Ich, äh, finde alleine raus.“

Frau Bönisch verließ das Wohnzimmer und Elvira und Mihai winkten ihr mit dicken Backen hinterher.

Das verbotene Zimmer

Unruhig lief Daka im Kinderzimmer auf und ab. Sie machte sich schreckliche Sorgen um Silvania und sogar um Herrn van Kombast. Ein Mensch unter lauter Vampiren. Das war verdammt gefährlich. Auch als Halbvampir. Liebevoll betrachtete Daka den kleinen Franz, der noch immer schlief. Er schnarchte so niedlich vor sich hin, dass Daka ihn am liebsten geknuddelt und abgeknutscht hätte. Aber sie wollte ihn nicht wecken.

Auf dem Nachttisch lag Karlheinz in einer Muschel und pupste leise.

„Kannst du auch nicht schlafen?“, fragte Daka und seufzte tief. „Ich auch nicht. Ich muss immer an Silvania und Dirk van Kombast denken. Wo die nur hin sind?“

„Finde es heraus!“, fiepte Karlheinz.

Daka dachte nach. „Die müssen ja irgendwo hier im Schloss sein.“

„So kommen wir der Sachen schon näher!“, brummte Karlheinz.

Daka stand entschlossen auf. „Weißt du was, ich sehe mich mal um. Vielleicht finde ich sie ja. Und du passt auf Franz auf.“

„Klar, dafür bin ich doch hier. Und sieh zu, dass du endlich kapierst, was diese Draculine für eine falsche Hexe ist“, meinte Karlheinz.

Daka ging zur Tür und drehte sich noch einmal um. „Bis gleich“, flüsterte sie.

Dann lief sie den Gang entlang und kam schließlich an der kleinen weißen Tür vorbei. Wieder schimmerte Licht unter dem Türspalt hindurch und erneut erklang Musik. Daka blieb abrupt stehen. „Der Mond ist aufgegangen“ – immer dasselbe Lied. Neugierig drückte Daka die Klinke hinunter. Die Tür war nicht verschlossen! Vorsichtig trat Daka ein. Helles Licht blendete sie. Tageslicht! Daka blinzelte. Nach dem schummrigen Höhlenlicht, das im ganzen Schloss herrschte, mussten sich ihre Augen erst an die Helligkeit gewöhnen. Daka sah sich staunend um. Das Zimmer war so ganz anders als die anderen im Schwarzen Schloss. Irgendwie so wenig vampirisch, fand Daka. Die hohen Wände waren von einer roten Stofftapete überzogen und an der Decke entlang lief goldener Stuck. Lange Vorhänge wehten vor dem geöffneten Fenster. Draußen konnte man Bäume sehen. Das Zimmer war eingerichtet wie ein Zimmer aus dem vorigen Jahrhundert. Mit einem großen Himmelbett, einem Waschtisch, einer Kommode und Spielsachen. Daka entdeckte kostbare Porzellanpuppen und eine weiße Kinderwiege. Langsam ging sie durch das Zimmer und blieb vor einem Gemälde stehen. Darauf war eine Familie zu sehen. Vater, Mutter, ein Junge und ein Mädchen. Daka runzelte die Stirn. Das Mädchen hatte lange schwarze Haare und große funkelnde Augen.

„Antanasia!“, flüsterte Daka überrascht.

Nachdenklich setzte sich Daka auf die weiche Matratze des Himmelbetts. Auf dem Nachtkästchen stand eine wunderschöne, filigrane Spieluhr mit einer Ballerina. Daka zog sie behutsam auf. Die Puppe begann sich zu drehen und die Melodie erklang erneut. „Der Mond ist aufgegangen“!

Daka hörte so lange zu, bis das Lied zu Ende war. Dann erhob sie sich mit der Spieluhr in der Hand langsam von dem Himmelbett, blickte noch einmal auf das Kinderbild von Antanasia und verließ das Zimmer.

Gerade als sie in den Gang trat, hörte sie jemanden kommen. Es waren Antanasia und Urio. Aus einem Gefühl heraus hielt sich Daka versteckt.

„Um die Schwester und den Trottel habe ich mich gekümmert“, meldete Urio seiner Herrscherin.

Daka zuckte zusammen. Gekümmert? Um Silvania und Herrn van Kombast? Wen sonst sollte Urio als Trottel bezeichnen? Daka lauschte gespannt auf Antanasias Antwort: „Sicher? Ich kann die hier nämlich gar nicht gebrauchen. Die machen mir noch meinen schönen Plan mit Dakaria kaputt.“

Daka ballte die Faust. Plan? Mit ihr? Und Antanasias Stimme klang auch gar nicht mehr warm und freundlich, sondern kalt und herrisch.

„Keine Sorge“, hörte Daka Urio sagen. „Ich habe sie aus dem Schloss geworfen. Die sind wir ein für alle Mal los.“

„Gut gemacht“, frohlockte Antanasia.

Daka beugte sich etwas vor und sah, wie sie Urio auf die Schulter klopfte. Urio wurde rot vor Stolz und strahlte seine Herrin an. Verliebter Vampirtrottel, dachte Daka.

Sobald die beiden weit genug weg waren, huschte Daka in die andere Richtung davon. Sie lief über den Gang und stürzte in das Kinderzimmer.

„Wir müssen sofort weg hier“, schnaufte sie und steckte Karlheinz in ihren Hüftbeutel.

„Beim heiligen Schleim, endlich hast du kapiert, was hier gespielt wird“, bemerkte das Schleimtier und lächelte froh.

Daka kümmerte sich nicht um das Gefiepe in ihrem Hüftbeutel. Sie packte ein paar Dinge zusammen und wickelte Franz in eine Decke. „Keine Angst, kleiner Franz. Ich bringe dich wieder nach Hause“, flüsterte sie ihrem Bruder zu und nahm ihn aus dem Bett.

Sie drehte sich um und erschrak fürchterlich. Vor ihr stand Antanasia mit einem Babyfläschchen und funkelte sie wütend an.

„Ts, ts, ts. Dakaria, meine Liebe, du wirst nirgendwohin gehen! Franzox ist bereits zu Hause!“ Antanasia warf Daka eisige Blicke zu, unter denen Daka erstarrte. Sie spürte die volle Macht Antanasias und konnte ihr nichts entgegensetzen. Bewegungsunfähig und hilflos musste sie mit anschauen, wie Antanasia auf sie zuging und ihr Franz einfach wegnahm.

Juhu, mein Mann ist Vampir!

Jacob stand vom Boden auf und beugte sich über das Schleimtierhaus. Er sah, dass Karlotta vor ihrem Fressnapf saß, der randvoll war.

„Du isst ja gar nicht. Machst du dir Sorgen?“, fragte Jacob.

„Schleimig-schreckliche Sorgen!“, antwortete Karlotta, doch Jacob verstand sie natürlich nicht. Oder doch?

Er seufzte. „Ich mach mir auch ein bisschen Sorgen um Silvania, aber das brauchen wir nicht. Die schaffen das. Da bin ich mir ganz sicher.“

„Klar, mit Karlheinz im Gepäck kann ihnen gar nichts passieren“, versuchte auch Karlotta sich selbst Mut zuzusprechen.

Jacob blickte sehnsüchtig aus dem Fenster. Wenn Silvania doch nur schon wieder hier wäre! Plötzlich sah er Mihai und Elvira auf der Straße rumhüpfen.

„Jacob, sie hauen ab!“, rief Helene, die es ebenfalls bemerkt hatte.

Jacob rannte sofort zur Tür. Draußen sah er sich um, doch von den Tepes-Eltern war nichts mehr zu sehen. Ludo und Helene kamen ebenfalls aus dem Haus gerannt, doch auch sie hatten keine Ahnung, wo Elvira und Mihai hingelaufen waren. Die Eltern waren weg!

Jacob, Helene und Ludo verteilten sich und suchten die Nachbarschaft ab, bis Jacob einen Anruf von seiner Mutter bekam, die meinte, Elvira und Mihai Tepes spielten auf dem Marktplatz Vampir!

Alarmiert rannten die drei Freunde sofort zum Marktplatz und tatsächlich: Elvira und Mihai waren voll in Fahrt. Mihai rannte zwischen den Ständen hin und her und tat, als wolle er die Passanten beißen. Wobei sich Jacob nicht sicher war, ob er wirklich nur so tat.

Elvira tanzte hinter Mihai her und rief: „Mein Mann ist ein Vampiiiiir! Ein echter Vampiiiiir! Nehmen Sie sich nur in Acht. Sonst saugt er Ihnen das Blut aus!"

Dazu fauchte und knurrte Mihai wie ein ausgewachsener Vampir. Der er ja auch war.

In diesem Moment kam Ali Bin Schick mit einem riesigen Überseekoffer von seinem Astronomie-Kongress in Wien zurück. Grinsend beobachtete er die wild gewordenen Tepes-Eltern.

Ludo stürzte erleichtert auf seinen Großvater zu. „Opa, endlich! Du musst uns unbedingt helfen! Die beiden sind hypnotisiert. Du musst die Hypnose auflösen."

Doch der Zauberer war viel zu sehr damit beschäftigt zu beobachten, wie Mihai einer Frau mit Kinderwagen hinterherjagte und Elvira dazu fröhlich kreischte: „Ein Vampir! Ein Vampir! Huch! Hilfe! Schnell weg, da kommt er schon wieder!"

Ali Bin Schick lachte kopfschüttelnd.

Ludo zupfte ihn am Ärmel. „Jetzt tu doch was, bitte!"

„Also, ich find's ganz lustig", meinte der Zauberer.

„Opa, irgend so eine Vampirkönigin hat Franz entführt. Daka und Silvania sind hinterher, um ihn zu befreien. Und wir müssen auf ihre Eltern aufpassen. Das ist kein Spaß! Bitte!" Ludo sah seinen Opa eindringlich an.

„Also gut, wenn es sein muss." Ali Bin Schick seufzte und sprach in Elviras und Mihais Richtung: „Hex hin, hex her, so geht's nicht mehr. Dunkle Magie hinweg! Geh! Flieh! Abrakadabra, Warzenschwein, alles soll wieder wie vorher sein!"

Helene, Jacob und Ludo beobachteten gespannt die Tepes-Eltern. Sie waren ganz still.

„Danke, Opa!", rief Ludo erleichtert.

Doch Mihai und Elvira machten einfach weiter. Diesmal zwar nicht mit ihrem Vampirspiel, sondern sie setzten den Streit fort, den sie im Keller wegen Franz und Antanasia begonnen hatten.

„Du Egoist!", zischte Elvira. „Wie kannst du mir eigentlich noch ins Gesicht sehen? Du wusstest es die ganze Zeit und hast keinen Piep gesagt?"

„Elvira, jetzt beruhige dich mal", brummte Mihai. „Ich habe doch nie gedacht, dass wir mal einen Jungen bekommen. Ich habe mich all die Jahre ausschließlich von Blutgruppe A ernährt, weil ich wusste, dass ich dann nur Töchter zeugen kann. Aber da hat wohl irgend so ein Idiot bei mir im Labor geschlampt und falsche Etiketten aufgeklebt."

„Pah!", machte Elvira. „Jetzt ist wohl dein Kollege im Labor schuld."

Ali Bin Schick ging zwischen Elvira und Mihai. „Beruhigen Sie sich", sagte er.

Mihai sah ihn feindselig an. „Was geht Sie das überhaupt an?", fragte er.

„Du bist ein Lügner! Das bist du!", schrie Elvira ihren Mann an.

„Ich habe dich nicht belogen!", brüllte Mihai zurück.

Der Zauberer versuchte weiter, die beiden Streithähne auseinanderzubringen, doch er wurde gar nicht beachtet.

„Nichts zu sagen, ist genauso schlimm. Ich habe da keine Lust mehr drauf, hörst du, Mihai? Ich mache da nicht mehr mit!", ereiferte sich Elvira.

„Du bist doch diejenige, die will, dass keiner weiß, wer und was wir wirklich sind!", fauchte Mihai sie an.

„Frau Tepes, bitte", wandte sich Ali Bin Schick an Elvira, bevor diese erneut losschimpfte. Doch jetzt geriet er unter ihren Beschuss. „Bitte, was? Sie gehören doch zu genau derselben Sorte!"

„Wer hat Sie denn gefragt?", mischte sich auch Mihai ein.

„Jetzt spiel du dich hier nicht auf!", motzte Elvira wiederum ihren Mann an.

So ging es hin und her. Elvira und Mihai stritten sich auf offenem Marktplatz lauthals, dass es jeder hören und sehen konnte. Irgendwann wurde es dem Zauberer zu bunt. Er hob seine Hände und zog mit den Zeigefingern Kreise vor Elviras und Mihais Augen. SCHWUPP!, standen die beiden wieder unter

Hypnose. Sie sahen sich fröhlich an, nahmen sich bei den Händen und tanzten Ringelreihen.

Ali Bin Schick grinste zufrieden und zog mit seinem Koffer davon.

Jacob, Helene und Ludo waren also keinen Schritt weiter und mussten weiter auf die Tepes-Eltern aufpassen und sie bestenfalls wieder zurück in den Lindenweg locken. Zu allem Überfluss kam auch noch Frau Bönisch über den Marktplatz.

„Kommt, wir gehen! Zu Hause gibt's noch ganz viel Kuchen", zischte Jacob Mihai und Elvira zu. Doch die beiden beachteten ihn gar nicht. Elvira war ein neues Spiel eingefallen: Juhu, mein Mann ist ein Vampir! Sie winkte mit beiden Armen und brüllte über den ganzen Marktplatz: „Meine Damen und Herren, sehr verehrtes Publikum, alle mal herschauen! Hier wird jetzt ein grooooßes, ungeheuerlichesssss Geheimnissss gelüftet! Mein Mann ist ein Vampiiiiiiiir!" Dann wandte sie sich kurz an ihren Ehemann: „Zeig doch mal, Mihai! Los, flieg!"

Das brauchte sie ihrem Vampir von einem Mann nicht zweimal sagen. Für einen kleinen Fugli war er schließlich immer zu haben. Elegant hob er ab und flog höher und höher, bis er die Kirchturmspitze erreicht hatte. Dort verbeugte er sich und winkte herunter.

Voller Staunen beobachteten ihn die Bindburger und besonders Frau Bönisch war fasziniert von diesem Bild von einem Mann, der offensichtlich nicht nur sportlich war, sondern auch ganz besondere

Tricks auf Lager hatte. „Wie macht er das bloß?“, fragte sie.

Begeistert applaudierten die ersten Zuschauer und Frau Bönisch fiel begeistert mit ein.

„Tatatataaaa!“, machte Elvira und begann, Spenden in einen Hut zu sammeln. „Mihai Tepes, 2676 ½ Jahre alt und waschechter Vampir aus Transsilvaaaaaanien!“

Verflixter Fumpfs!

Zum Glück ahnte Silvania nicht, was ihre Eltern gerade in Bindburg für eine Aufregung verursachten. Ihr reichte ihre innere Aufregung voll und ganz. Müde und dreckig irrte sie durch den verflixten Wald und suchte den Weg zum Schwarzen Schloss zurück. Sie würde ihren Bruder und ihre Schwester auf keinen Fall aufgeben. Trotzdem, war sie hier nicht schon mal gewesen? Unglücklich drehte sich Silvania im Kreis.

„Fumpfs!“, jammerte sie. Sie starrte auf ihr Handy, doch ihr Navi funktionierte einfach nicht.

Silvania versuchte Daka zu erreichen, aber die hob nicht ab.

„Mann, Daka!“, regte sich Silvania auf. Sie versuchte es bei Jacob.

„Silvania?“ Jacob hob ab, aber es war total laut bei ihm im Hintergrund.

„Jacob, hilf mir!“, rief Silvania verzweifelt. „Es ist alles so furchtbar! Ich bin geflogen mit Herrn van Kombast, jetzt weiß er …“ Silvania verstummte. Was war denn da los bei Jacob?

„Herr Tepes, kommen Sie bitte wieder runter!“, hörte sie Ludo rufen.

„Ist es eine Superfledermaus? Ist es ein Flugzeug? Nein, es ist Super-Mihai!“, hörte Silvania ihre Mutter.

„Jacob, alles okay bei euch?“, fragte sie besorgt in den Hörer.

„Ja, ja, alles klar“, log Jacob. „Mach dir keine Sorgen, äh, Ludo, kannst du mal ... nee, dort ... Silvania? Also, hier ist alles bestens.“

„Denkt ihr noch dran, dass die Bönisch kommt? Die darf nichts merken“, erinnerte Silvania ihren Freund an die Sportlehrerin.

„Die war schon da, ist super gelaufen!“, versicherte Jacob. „Ich muss jetzt nur ... bis dann!“, verabschiedete sich Jacob und legte auf.

Silvania starrte unglücklich ihr Handy an, steckte es ein und setzte sich seufzend auf einen Baumstamm voller Moos. Hatte sie vorhin wirklich noch von Vampirromantik geträumt? Das hier war einfach nur ein Albtraum. Sie war allein im transsilvanischen Wald, ihr Bruder und ihre Schwester in den Fängen von Antanasia und Herr van Kombast ... na ja. Um den würde Silvania sich später Gedanken machen.

Plötzlich knackste es. „Pompfe!“, schrie Silvania auf. Sie fiel und fiel. Nicht schon wieder, dachte Silvania.

Silvania landete weich auf einem Haufen Blätter. Sie sah sich um. Sie war in einer Höhle gelandet. „Pumflex!“, klagte Silvania. Wer dreimal fällt, ist doof, hörte sie Daka lästern.

Silvania rappelte sich auf und tastete nach einem Ausgang. „Das darf doch alles nicht wahr sein. Dirk weg, Franz weg, Daka weg. Alle znicnak“, schimpfte sie.

Auf einmal bewegte sich etwas in der Höhle. Da. Hing. Ein. Vampir! „AAAAHHHH!“, schrie Silvania und schlug auf den Vampir ein.

„Silvania, hey, ich bin’s doch bloß!“, rief eine tiefe, verwegene, sexy Stimme.

Silvania starrte den Vampir an. „Murdo?“, fragte sie ungläubig.

Ein Mann – ein Esel

Dirk van Kombast hatte inzwischen festgestellt, dass er nicht nur ein großartiger Vampirjäger war, sondern auch bei dem Ritt auf einem Esel eine hervorragende Figur machte. Zumindest redete er sich das ein, er selbst konnte sich ja nicht sehen. Und er konnte gleichzeitig reiten und telefonieren. Das war in Transsilvanien ja wohl hoffentlich erlaubt.

„Schatz, ich komme nach Hause!“, rief Herr van Kombast ins Telefon. „Stell dir vor, Silvania ist ein Vampir!“, verkündete er Ursula gleich die neueste Neuigkeit.

„Liebster, wo bist du? Was ist denn passiert? Du klingst so komisch“, hörte er Ursula besorgt sagen.

„Silvania kann fliegen! Sie ist ein Vampir! Ich habe es immer gewusst. Diese ganze verrückte Tepes-Familie …“, schrie der Vampirjäger.

„Ich verstehe dich kaum. Was machst du denn gerade?“, fragte Ursula verwirrt.

„Ich reite. Auf einem Esel. Ich muss hier weg“, sagte Dirk van Kombast wichtig.

„Aber Dirk, nein! Silvania braucht dich. Du darfst sie nicht mutterseelenallein zurücklassen. Es ist doch bestimmt gefährlich in Transsilvanien!“, rief Ursula, die plötzlich alles sehr gut verstanden hatte.

„Hm, schon“, meinte der Vampirjäger.

„Sie ist doch noch ein Kind. Stell dir mal vor, sie wäre deine Tochter!“, rief Ursula.

„Puh“, machte Herr van Kombast.

„Stell dir vor, sie wäre unser Kind!“, beharrte Ursula.

„Oh“, sagte der Vampirjäger.

„Dirk, ich weiß, du wirst das Richtige tun. Ich vertrau dir“, sagte Ursula eindringlich.

„Ach, mein Hase“, seufzte Dirk van Kombast. „Du machst einen besseren Menschen aus mir.“

Er hörte ein Kussgeräusch zum Abschied von Ursula und legte auf. Dann steckte er das Handy weg und blickte entschlossen zurück. Ein Mann musste den Weg reiten, den er reiten musste.

Der Vampirjäger zerrte an der Mähne des Esels, um ihn zum Umkehren zu bringen.

„Brr, stopp, halt!“, rief Herr van Kombast, doch der Esel machte keinerlei Anstalten, sein Traben zu unterbrechen.

„Anhalten, du dummes Vieh!“, rief der Vampirjäger wütend. Aber es half nichts. Der Esel war stur.

„Was soll's.“ Herr van Kombast ließ sich langsam über den Allerwertesten des Esels auf den Boden fallen – und landete selbst auf dem Po.

Mühsam rappelte er sich wieder auf und seufzte. Ein Mann musste den Weg gehen, den er gehen musste. Selbst wenn er ihn zum zweiten Mal innerhalb weniger Stunden ging. Aber diesmal konnte der Vampirjäger nicht als er selbst kommen, denn schließlich wusste man im Schwarzen Schloss ja bereits, wer er war. Sein Knobinator hatte sicherlich einigen Eindruck hinterlassen. Also beschloss Herr van Kombast, auf Nummer sicher zu gehen. Unterwegs schnappte er sich kurzerhand einen abgetragenen Ledermantel und einen alten Filzhut von einer Vogelscheuche. Außerdem schmierte er sich etwas Schlamm ins Gesicht, um es unkenntlich zu machen. Wäre er nicht schon passionierter Vampirjäger, könnte man ihn auch Pirschender Hirsch nennen, fand Dirk van Kombast. Er würde auch als Indianer eine überzeugende Perfomance abliefern, da war er sich sicher. Dirk van Kombast, ein Tausendsassa, ein Multitalent ... Selbstzufrieden schritt der Vampirjäger durch den dunklen Wald, bis er die Schilder zum Schwarzen Schloss erblickte. Weniger als der Haupteingang wäre seiner nicht würdig und dort würde ihm schon eine glorreiche Idee kommen, wie er in das Schloss gelangen würde – da vertraute er voll auf sein schauspielerisches Improvisationstalent.

Alles für die große Show!

Mit klopfendem Herzen stand Silvania innerhalb weniger Stunden zum zweiten Mal vor dem Haupteingang des Schwarzen Schlosses. Diesmal an der Seite von Murdo, der ihr ein paar Klamotten geliehen und sie ein bisschen rockig umgestylt hatte. Sie hoffte, dass Bodo und Izel sie nicht erkannten. Murdo trug seinen Gitarrenkoffer und sah wie immer megamuffencool aus.

Bodo prüfte seinen Passierschein. „Und wer ist die da? Die steht nicht auf dem Schein."

„Das ist Silvania. Meine Backgroundsängerin."

Bodo las den Passierschein erneut durch und schüttelte den Kopf. „Skyzati, aber da muss ich erst nachfragen. Ist Vorschrift", sagte er bedauernd.

„Äh, nein, das geht schon klar!", warf Murdo ein.

„Vorschrift ist Vorschrift", beharrte Bodo.

„Genau, deswegen heißt es ja auch, äh, Vorschrift", warf Izel ein und grinste blöd.

Bodo sah ihn genervt an. „Gehst du?", brummte er.

„Wohin?", fragte Izel überrascht.

„Nachfragen?", meinte Bodo.

Izel nickte und wollte sich gerade aufmachen, als jemand aus dem Schatten trat.

„Hey, Leute, da bin ich!", rief niemand anderes als Dirk van Kombast, der jedoch als dieser kaum wiederzuerkennen war. Selbst Silvania musste zweimal hinsehen.

„Glotzt nicht so“, fuhr der Vampirjäger die zwei verdutzten Wachen an. „Ich bin der Manager!“ Er grinste, so breit er konnte, und ließ sein Vampirgebiss voll zur Geltung kommen.

Silvania machte sofort mit. „Zjom shnuk, endlich. Äh, war Stau?“, fragte sie.

Bodo und Izel sahen sich verwundert an. Stau? In Transsilvanien?

„Jedenfalls super, dass Sie, dass du jetzt da bist.“ Silvania redete schnell weiter und zwinkerte Murdo aufmunternd zu.

„Ja, äh, boibine“, fiel er ebenfalls in die kleine Maskerade mit ein.

Herr van Kombast alias Murdos Manager nickte Silvania und Murdo anerkennend zu. Dann zog er seine Augen zu Schlitzen zusammen und fauchte in bester Vampirmanier: „Und jetzt lasst uns sofort hier rein unseren Job machen!“

„Sonst was?“, fragte Bodo gelassen.

„Laut dem Paragraphen 865 Punkt 743 Y X, Transsilvanisches Nationalewigkeitsgesetz, steht auf Behinderung, Unterschlagung oder Überführung der Bereitschaft zur Tätigkeit, Untätigkeit oder Übertätigkeit nichts Geringeres als Weihwasserstrafe …“, rasselte Dirk van Kombast runter.

Verdutzt sahen ihn die Wachen an. „Weihwasser, wie?“

„ZACK, ZACK!“, brüllte der Vampirjäger zur Übersetzung und endlich hatten diese Vampirweichbirnen verstanden und öffneten das Tor zum Schwarzen Schloss.

Herr van Kombast, Murdo und Silvania wurden von Izel hineingeführt, der Murdos Gitarre trug und sie zum Thronsaal führte, wo schon bald die große Krönungszeremonie stattfinden sollte.

Silvania wurde angst und bange, wenn sie daran dachte. Hoffentlich fiel ihnen noch rechtzeitig etwas ein, wie sie ihren Bruder vor Antanasia und der schrecklichen Krone des Vergessens retten konnten.

Auf dem Weg zum Thronsaal kamen sie an der Flugluke vorbei, aus der Urio Silvania und Herrn van Kombast aus dem Schloss befördert hatte. Silvania blickte vorsichtig hoch und stellte fest, dass der Mond rund und voll durch die Luke schien.

Izel blieb sofort stehen und stellte den Gitarrenkoffer ab.

„Wir haben nicht ewig Zeit“, meckerte der Vampirjäger sofort los, der die Flugluke eigentlich nie wieder hatte sehen wollen …

„Skyzati, aber die Flugluke muss immer zu sein wegen dem Sonnenlicht. Es dämmert ja bald schon wieder“, meinte Izel wichtig und schloss die Luke.

Silvania betrachtete die Flugluke und in ihr dämmerte auch etwas. Zwar nicht die Sonne, aber eine Idee … sie winkte Herrn van Kombast und Murdo zu sich und die drei taten so, als müssten sie vor der Show noch ein paar interne Angelegenheiten regeln.

Izel stand etwas abseits und wartete geduldig.

Silvania erklärte flüsternd ihren Plan.

„Aber das ist total gefährlich!“, wisperte Murdo.

„Na ja, für euch. Für Vampire.“ Silvania wandte sich an den Vampirjäger: „Wir müssten es nur umleiten!“

Dirk van Kombast sah sich prüfend um und nickte langsam. „Silvania, du bist ein Genie!“, meinte er anerkennend. Dann drehte er sich zu Izel um. „Wir brauchen noch ein paar Dinge für die Show!“

Izel nickte eifrig. Dieser Manager war zwar echt ein komischer Typ und die Backgroundsängerin kam ihm vage bekannt vor, aber für Murdo von Krypton Krax war er bereit, alles zu tun.

Also ließ er Silvania, Murdo und Herrn van Kombast gewähren, hängte bereitwillig Spiegel um und polierte Brustpanzer von Ritterrüstungen.

Staunend beobachtete er den Manager und die Backgroundsängerin, wie sie sogar den großen Zauberspiegel umdrehten.

„Als Reflexion bezeichnet man in der Physik das Zurückwerfen von Wellen an einer Grenzfläche, an der sich der Wellenwiderstand oder der Brechungsindex des Ausbreitungsmediums ändert“, hörte Izel den Manager erklären.

„Aha“, dachte Izel.

„Aha“, meinte die Backgroundsängerin.

Schließlich stellte der Manager einen Spiegel in der Nähe der Flugluke auf, setzte sich zufrieden daneben und zog merkwürdige Grimassen. Izel hatte den Eindruck, sein Gebiss schiebe sich dabei unnatürlich hin und her, aber er wurde von Bodo abberufen und konnte diesem komischen Manager nicht weiter auf den Zahn fühlen.

Die Krone des Vergessens

Ein paar Stunden später war alles bereit. Der Thronsaal war festlich geschmückt. Überall brannten Kerzen und Fackeln, die Feuerschalen flackerten und aus allen Richtungen strömten die erlauchten Vampire in den Saal, um der Krönungszeremonie beizuwohnen.

„Begrüßen Sie mit mir unsere blutrünstige Herrscherin Antanasia!“, eröffnete Urio die Feierlichkeiten.

Die Gäste applaudierten, manche fauchten begeistert, andere strahlten über beide Vampirzähne.

„Und begrüßt Franzox den Ersten, ihren Sohn, Thronfolger und künftigen Herrscher von Transsilvanien!“, fuhr Urio fort.

Neugierig reckten die Vampire den Hals.

Antanasia betrat würdevoll den Saal. Sie sah atemberaubend aus. Ihr langes schwarzes Kleid glitzerte geheimnisvoll, sie hatte glänzenden Silberschmuck angelegt und um ihre Schultern trug sie eine schwarze Fächerstola. Auf ihren zurückgebundenen Haaren saß ihr kostbares Diadem. Sie hielt den kleinen Franz in ihren Armen, der fröhlich gluckste.

Die Gäste reckten die Hälse nach ihrer Herrscherin und ihrem Nachfolger und klatschten.

Hinter Antanasia wurde Daka von einer Vampirwache in den Saal geführt. Ihre Hände waren auf dem Rücken gefesselt. Als sie Murdo sah, blieb ihr Herz einen Moment lang stehen. Wo warst du?, fragte ihr Blick.

Ich habe alles versucht, schienen seine Augen zu antworten. Aber jetzt bin ich da, alles wird gut, deutete Daka seinen nächsten Blick, der jäh unterbrochen wurde.

Urio gab Murdo ein Zeichen, woraufhin dieser mit seiner Gitarre hervortrat.

Silvania stellte sich neben ihn und nickte Daka unmerklich zu. Daka erkannte ihre Schwester sofort! Datiboi Flatliac, der Fledermaus sei Dank! Silvania sah zwar nicht aus wie sie selbst, aber es schien ihr gut zu gehen. Vorsichtig beobachtete Daka Antanasia, aber die hatte Silvania, verkleidet als Rockerbraut mit einem schwarzen Tuch auf dem Kopf, nicht erkannt.

Und dann galt Dakas Aufmerksamkeit für ein paar Minuten nur noch Murdo. Der begann, die transsilvanische Nationalhymne zu singen, seine tiefe Stimme füllte den Thronsaal und drang bis in ihr Herz: „Transsilvania rodna inima moi. Transsilvania, job enzero oista do inima naz!“

Silvania stieg ein und ihre Stimme ergänzte die Murdos wunderbar unaufdringlich, als wäre sie schon ihr ganzes Leben lang Backgroundsängerin gewesen. Es war ein wunderbarer Moment. Viele der geladenen Vampire fassten sich ans Herz oder weinten verstohlen ein paar Tränen vor Rührung. Manchen tropfte das Wasser auch von den Eckzähnen, aber jeder Vampir reagiert eben anders, wenn er ergriffen ist.

Antanasia blieb ruhig stehen, bis der letzte Ton der Nationalhymne verklungen war. Dann schritt sie mit Franz zum Thron und setzte ihn mit ausladender Geste darauf. Sie trat zurück und sagte mit feierlicher Stimme: „Vampire Transsilvaniens! Ich präsentiere euch hiermit Franzox den Ersten, euren unumstrittenen König. Wir sind hier zusammengekommen, um ihm zu huldigen und ihn zu unserem Herrscher zu krönen. Seid ihr willig, dies zu tun?"

Antanasias Augen funkelten in die Runde der Vampire, die begeistert antworteten: „Die dunklen Mächte schützen den König!"

Murdo schlug einen gewaltigen Gong und sofort brach großer Jubel aus!

Urio hob vorsichtig das rote Samtkissen hoch, auf dem die Krone des Vergessens lag. Voller Ehrfurcht näherte er sich damit seiner Herrscherin und dem kleinen Franz, der große Augen machte. Die bunten Edelsteine in der Krone schienen ihm zu gefallen.

Antanasia nahm die Krone in ihre bleichen Hände und hielt sie hoch: „Sollte irgendjemand, seien es wir selbst oder ein anderer, das lästerliche Wagnis unternehmen, diese schwarze Tradition ändern zu wollen, sei er verbannt bis in alle Ewigkeit!", rief sie.

„Die dunklen Mächte schützen den König! Die dunklen Mächte schützen den König! Die dunklen Mächte schützen den König!", riefen die Vampire im Thronsaal.

Antanasia hielt die Krone über den Kopf von Franz.

Silvania bahnte sich einen Weg durch den Saal. Wieso dauerte das alles so lange? Hatte Herr van Kombast den Gong nicht gehört?

Die schwarze Sonne

Doch, Dirk van Kombast hatte den Gong gehört und hatte sich auch umgehend zur Flugluke begeben. Schnell drehte er an dem eisernen Rad, das die Luke öffnen sollte, aber es tat sich nichts. Plan B, dachte der Vampirjäger und begann, das rostige Rad zu drehen, das ebenfalls zur Öffnung der Luke diente. Oder mal gedient hatte. Das Rad quietschte zwar, aber es bewegte sich keinen Millimeter.

„Jetzt geh schon auf, du verdammtes Scheißding!“, fluchte Herr van Kombast.

Er zog mit aller Kraft an der Verriegelung der Flugluke und endlich öffnete sie sich.

Licht – helles, warmes Sonnenlicht strömte herein und erleuchtete den dunklen Gang. Es fiel von Spiegel zu Spiegel, sogar die von Izel blank geputzte Rüstung der Ritterstatue reflektierte es bis zu dem großen Zauberspiegel, der das Licht direkt auf die geschlossenen Flügeltüren des Thronsaales warf. Silvania riss von innen die Türen auf und ließ das Sonnenlicht in den Thronsaal voller Vampire strömen. Es traf genau auf den Thron und Antanasia sprang im letzten Moment aus der Lichtlinie. Dabei fiel ihr die Krone des Vergessens aus der Hand. Sie landete auf dem Kopf von Bodo, der überrascht die Augen aufriss und mit offenem Mund beobachtete, was um ihn herum geschah.

„Hilfe!" – „Pompfe!" – „Licht!" – „Sonnenlicht!" – „Rette sich, wer kann!", schrien die aufgeschreckten Gäste und rannten auf der Suche nach einer dunklen Ecke wild durcheinander.

„Wer, wo, was, hä?", fragte Bodo verwirrt.

Daka bemerkte, dass jemand ihre Fesseln löste. So ultimo lecker muffig roch nur ein Vampir auf der ganzen Welt.

„Hey!", sagte Murdo und Daka lächelte ihn an. „Hallo!"

Verkehrte Welt, dachte Silvania. Seit wann macht Daka einen auf verliebt und ich muss mich um alles kümmern? Sie rannte zu Franz, nahm ihn auf den Arm und schnüffelte an ihm. Er roch wie immer. Ein bisschen nach Blutfläschchen, ein bisschen nach Baby und ein bisschen viel nach Pups. Als Silvania sich umdrehte, lächelte Antanasia sie ruhig an. Gefährlich ruhig. Auch Urio schien nicht im Mindesten beunruhigt durch die unerwartete Unterbrechung der Zeremonie.

„Viel Glück, Mägdelein. Boi shnuk! Du hast noch genau 45 Sekunden!", sagte Antanasia.

„Was, wie?" Silvania verstand nicht.

„Die Krönung findet nur an einem bestimmten Tag statt. Am Tag der Nero Solaris", erklärte Antanasia und zeigte auf den Sonnenlichtkegel, der langsam schmaler wurde.

„Der was?", fragte Silvania.

„Silvania, komm, raus hier!", rief Daka und zog ihre Schwester mit Franz aus dem Saal.

Sie flohen, so schnell sie konnten, durch die Gänge

des Schlosses, immer der Quelle des schwindenden Lichts entgegen.

An der Flugluke wartete Herr van Kombast ungeduldig auf die Vampirschwestern. Wo blieben die nur? Und was war da draußen eigentlich los? Irrte er sich oder war es schon wieder etwas dunkler geworden? Er blickte irritiert aus der Flugluke, aber die Sonne blendete ihn zu stark. Schnell bückte er sich zu seinem Rucksack und durchwühlte ihn. Fieberthermometer, Kamm, Schnürsenkel, Taschenmesser, Kochlöffel, Deodorant … Ein Mann im Einsatz musste schließlich auf alles vorbereitet sein, aber wo war denn nur …? Ach, da war sie: seine Sonnenfinsternis-Brille. Er zog sie auf und blickte erneut durch die Luke. Tatsächlich, der Mond schob sich vor die Sonne. Faszinierend, dachte Herr van Kombast, doch dann fiel ihm wieder ein, wo er war. „Nein, nein! Was soll das! Hau ab, du Mond!“

Doch es war nichts zu machen. Unaufhaltsam glitt der Mond über die Sonne und schluckte ihr Licht. Das Licht, ohne das Silvanias Plan nicht funktionierte.

„Nein, nein, nein, nein, nein!“, schrie der Vampirjäger verzweifelt. „Was soll das? Es ist zwölf Uhr mittags. Da scheint die Sonne! Hau ab, verdammter Mond. Verzieh dich!“

In diesem Moment schluckte der Mond die Sonne. Es wurde finster im Schwarzen Schloss. Nach dem hellen Sonnenlicht fühlte sich die Dunkelheit sogar noch schwärzer an als je zuvor. Dirk van Kombast horchte. Endlich! Er hörte Schritte und starrte in den Gang. „Gott sei Dank!“, rief er, als er Daka und Silvania mit dem kleinen Franz auf dem Arm ausmachen konnte.

FLOPS! machte es auf einmal. Antanasia hatte sich genau zwischen die Vampirschwestern und den Gang zu der Flugluke geflopst. Hinter ihr tauchten mehrere Vampirwachen auf, darunter Urio, der leicht außer Atem war. Vier Wachen stellten sich mit ihren Lanzen um Daka und Silvania herum auf, zwei weitere hielten den Vampirjäger in Schach.

„Clever, wirklich clever“, sagte Antanasia anerkennend. „Euer Plan hätte funktionieren können. Doch heute ist die Nero Solaris.“ Antanasia lachte böse. „Heute besiegt die Nacht den Tag. Heute verschlingt die Dunkelheit das Licht.“

„Eine Sonnenfinsternis!“, warf Dirk van Kombast ein.

„Ja, genau“, fuhr Antanasia leicht genervt fort. „So kann man es auch nennen. Alle 375 Jahre liegt das Schwarze Schloss zur Mittagszeit um Punkt zwölf in völliger Dunkelheit. Aber das wissen nur wenige.“ Sie wandte sich schadenfroh an die Vampirschwestern. „Schade für euch!“

Daka und Silvania starrten Antanasia wütend an.

„Euer Bruder ist mein!“, verkündete die Herrscherin von Transsilvanien.

Franz pupste.

Azdio, Antanasia!

Wenig später schubsten die Wachen Daka, Silvania und Herrn van Kombast zurück in den Thronsaal und hielten ihre Lanzen gegen sie gerichtet. Daka und Murdo sahen sich niedergeschlagen an.

Antanasia nahm auf ihrem Thron Platz, den kleinen Franz hatte sie auf ihrem Schoß.

Aufgeregt redeten die Vampirgäste im Saal durcheinander.

„Ruhe! Strunz! Ruhe!“, schrie Urio gegen das Geplapper an. „Wer nicht still ist, fliegt raus!“

Sofort herrschte Stille. Erwartungsvolle Stille.

„Lasst uns fortfahren!“, sagte Antanasia ruhig.

Urio sah sich um und stellte fest, dass Bodo noch immer die Krone auf dem Kopf trug.

„Papi?“, fragte der, als Urio sich ihm näherte.

Urio verdrehte genervt die Augen und nahm Bodo die Krone vom Kopf. Langsam schritt er damit auf seine Herrscherin zu und verneigte sich voller Ehrfurcht vor ihrem Thron.

Antanasia griff gierig nach der Krone und hielt sie Franz über den Kopf.

„Du glaubst wohl, du kannst dir einfach alles nehmen, was du willst!“, schrie Daka mitten in die Zeremonie hinein. „Du meinst, du kannst dir eine Familie zusammenstehlen. Aber so funktioniert das nicht! Du kannst Franz nicht zwingen, bei dir zu bleiben. Früher oder später wird er nach Hause wollen. Zu seiner Familie. Zu uns!“ Daka starrte Antanasia mit zusammengezogenen Augen an.

Antanasia hielt Daka gelassen die Krone entgegen. Ihre Stimme war kalt wie Eis. „Dies hier ist die Krone des Vergessens! Sie löscht alle Erinnerungen aus. Es ist völlig ohne Bedeutung, was Franz jetzt will oder nicht. Sobald ich ihm diese Krone aufsetze – so wie es das Ritual seit Anbeginn der Zeit verlangt –, wird der neue Herrscher seine Familie vergessen. Er wird sich an nichts mehr erinnern können. Seine Vergangenheit wird komplett ausgelöscht!“

Daka sah erschrocken zu Silvania, die einen Schritt auf Antanasia zuging.

„Aber wir werden Franz nicht vergessen“, sagte Silvania fest. „Niemals. Wir geben unseren Bruder nicht auf! Wir lieben ihn und wir werden immer da sein. Immer!“

In dem Moment bewegte sich etwas in Dakas Hüftbeutel. Karlheinz gab ihr ein Zeichen! Daka zog die Spieluhr heraus, die sie aus dem verbotenen Zimmer mitgenommen hatte.

„Die dunklen Mächte schützen den König!“, rief Antanasia und fuhr mit der Zeremonie fort.

Daka zog die Spieluhr auf.

„Die dunklen Mächte schützen den König!“, wiederholten die Gäste.

Antanasia ließ langsam die Krone auf Franz’ Kopf sinken, als sie plötzlich erstarrte.

Leise drang die Melodie von „Der Mond ist aufgegangen“ zu ihr.

„Pscht!“, machte Urio.

Alle Vampire im Saal lauschten andächtig.

Antanasia sah sich suchend um und entdeckte die Spieluhr in Dakas Händen. Ihre Spieluhr!

Daka sah Antanasia direkt in die Augen und sang mit: „Der Mond ist aufgegangen, die goldnen Sternlein prangen …“

„… am Himmel hell und klar!“, fiel Silvania mit ein.

Antanasia starrte die Vampirschwestern an und fasste sich ans Herz. Eine Träne schimmerte in ihren dunklen Augen.

Daka und Silvania gingen langsam auf sie zu: „Der Wald steht schwarz und schweiget, und aus den Wiesen steiget, der weiße Nebel wunderbar!“, sangen sie.

„Bei Dracula … wo habt ihr das her?“ Antanasia keuchte und ließ kraftlos die Krone sinken. Die Träne in ihrem Auge löste sich und lief ihre blasse Wange herab.

Ein Raunen ging durch den Saal. Kein Vampir hatte Antanasia, Herrscherin über Transsilvanien, je weinen sehen.

„Du erinnerst dich“, meinte Daka.

„Ja“, flüsterte Antanasia.

„Du warst selbst einmal ein Mensch“, machte Daka weiter.

Antanasia nickte. Daka hielt ihr die Spieluhr hin. „Sie hat dir gehört.“

Wieder nickte Antanasia. „Ich habe sie zu meinem Geburtstag bekommen", sagte sie leise. „Ich glaube, es war mein neunter. Wir haben groß gefeiert. Alle waren da. Mama, Papa, meine Schwester Viktoria und mein Bruder Otto." Antanasia holte tief Luft. „Ich war nicht immer die, die ich heute bin. Ich war einmal ein ganz normales Menschenkind. Und ich hatte eine Familie." Antanasia schwieg einen Moment. „Sie sind alle längst tot … und ich vermisse sie so sehr", sagte sie traurig und sah Franz zärtlich an. Erneut lief ihr eine Träne über die Wange.

Auch unter den Gästen war so mancher Vampir berührt. Sogar ein gestandener Vampirjäger wischte sich verstohlen eine Träne aus dem Augenwinkel.

„Ich habe vergessen, wie es sich anfühlen kann, hier drinnen …" Antanasia seufzte. „Wie warm es sein kann und wie weh es tun kann." Sie sah die Vampirschwestern an und übergab den kleinen Franz an Silvania. „Azdio, mein Kleiner", wisperte Antanasia.

Daka schloss ihren geliebten Bruder erleichtert in die Arme. Silvania streichelte ihm über sein Köpfchen und die Vampirschwestern strahlten sich an.

„Danke", sagte Daka leise.

Silvania sah sie verwundert an.

„Dass du gekommen bist! Es tut mir leid, was ich zu dir gesagt habe", erklärte Daka.

„Vergiss es", meinte Silvania.

„Du bist kein Angsthase. Du bist unglaublich mutig. Ohne dich hätte ich es nie geschafft!", gab Daka zu.

Silvania lächelte.

Antanasia beobachtete die Vampirschwestern gerührt. In ihren Augen schimmerte es noch immer feucht. Urio trat vor und reichte seiner Herrscherin ein Taschentuch. Antanasia nahm es an, schnäuzte sich kräftig die feine Vampirnase und lehnte sich dankbar an Urio, ihren treuen Diener. Der wurde sofort knallrot und strahlte bis über beide Eckzähne. Endlich! Die kühle Antanasia zeigte Gefühle! Für ihn! Schüchtern fassten sie sich an den Händen.

Die Vampire im Raum lächelten vergnügt. So eine verrückte Krönungszeremonie hatte es schon seit Jahrtausenden nicht mehr gegeben. Außerdem war Antanasia noch immer unerhört schön und stark und konnte ruhig noch ein paar Hundert Jahre weiterregieren. Sollte der kleine Franzox doch bei den Menschen seine Stinkbomben verteilen.

Nur Bodo begriff gar nichts. Er näherte sich Izel und fragte: „Bist du mein Papi?“

Izel sah seinen Wachkollegen verwundert an, doch dann sagte er. „Ja, genau. Ich bin dein Papi. Und du tust jetzt immer schön das, was ich dir sage.“

Bodo nickte und Izel grinste.

So war die Krone des Vergessens doch noch zu etwas gut gewesen am heutigen Tag.

Abflug

Wenig später wickelte Silvania den kleinen Franz und bereitete alles für den Abflug vor.

Urio war froh, dass er das nicht mehr machen musste. Babys waren echt anstrengend. Obwohl – so ein kleines Beißerchen im Schwarzen Schloss? Er könnte Anturio heißen. Urio beschloss, bei Gelegenheit mal darüber mit seiner Herrscherin zu sprechen …

Dirk van Kombast nutzte die Gelegenheit, noch ein paar Erinnerungsfotos für seine Ursula zu schießen. Auch er konnte nur noch an seine geliebte Freundin und das kleine Baby denken, das er schon bald in seinen Armen halten würde.

Daka war mit Murdo vor dem Schloss auf einen Felsen geflogen und betrachtete wehmütig die dunkle, raue Landschaft.

„Ich werde das alles hier vermissen“, sagte sie.

„Du kannst mich jederzeit besuchen!“, schlug Murdo vor.

Daka sah Murdo tief in die Augen und in ihrem Bauch kribbelten tausend Fledermäuse. „Das mache ich!“, versprach sie.

Murdo nahm Daka fest in seine Arme. Daka sog ein letztes Mal seinen muffigen Geruch ein und beschloss, zu Hause erst mal alle Krypton-Krax-Alben rauf- und runterzuhören.

Murdo beugte sich zu Karlheinz herab. „Und du, grüß Karlotta von mir!"

„Darauf kannst du einen lassen", meinte Karlheinz und zwinkerte Murdo zu. „Und ich verwette all meinen Schleim drauf, dass du schon bald im Lindenweg vor der Tür stehst."

Aber da Murdo auch kein Schleimisch sprach, konnte er die Wette nicht annehmen.

Er lächelte Daka an, warf ihr lässig eine Kusshand zu und flog davon.

Daka sah ihm noch eine Weile nach, seufzte tief und flog ins Schloss, um die anderen zu holen. Es war Zeit, die Fliege zu machen!

Happy at home

Am Rande von Bindburg, im Lindenweg Nummer 23, bereiteten Jacob, Helene und Ludo alles für eine gelungene Grillparty vor. Auf den Tischen lagen Tischdecken und überall hingen Girlanden und Lampions. Sie waren froh und erleichtert, dass alles gut ausgegangen war im finsteren Transsilvanien.

Daka und Silvania waren sicher mit dem kleinen Franz in der Heimat gelandet und die drei Babysitter hatten ihnen sofort die nervigen Tepes-Eltern in die Hände gedrückt.

Die Vampirschwestern beobachteten Elvira und Mihai eine Weile dabei, wie sie auf Franz' Spielteppich im Wohnzimmer mit alten Ritterfiguren spielten.

„Sollen wir sie nicht vielleicht doch noch ein bisschen so lassen?", fragte Daka.

Silvania seufzte. „Verlockend. Aber irgendwie mochte ich sie vorher lieber. Streit hin oder her."

„Hast recht, ich auch." Daka grinste Silvania an.

Silvania lächelte zurück und zog eine kleine Flasche aus ihrer Tasche. „Und jetzt? Einfach drüber, oder wie?", fragte sie unsicher.

„So hat es Antanasia erklärt." Daka nickte. Antanasia hatte ihnen Anti-Hypnose-Staub aus Transsilvanien mitgegeben, den Urio aus der geheimen

Vampirmedizinkammer des Schwarzen Schlosses geholt hatte. Dabei hatte er festgestellt, dass es tatsächlich kein einziges Gegenmittel gegen die Krone des Vergessens gab. Bodo hatte es gelassen aufgenommen.

Silvania betrachtete den silbrigen Inhalt der Flasche. „Na ja, was soll schon passieren?“, meinte sie. „Sie werden sich schon nicht in Frösche verwandeln.“

„Wäre aber lustig“, bemerkte Daka und zwinkerte ihrer Schwester zu.

Silvania grinste und zog den Stöpsel von der Flasche, die sie über ihre Eltern hielt.

Silbrig feiner Glitzerstaub rieselte über Elviras und Mihais Kopf. Einen Moment lang war es ganz still im Wohnzimmer. Die Vampirschwestern beobachteten ihre Eltern gespannt.

Dann war es aus mit der Stille. Elvira schrie ihren Mann an: „Was sitzt du denn hier so seelenruhig herum, wo dein einziger Sohn in Lebensgefahr schwebt?“

„Was? Du sitzt doch genauso herum. Außerdem habe ich alles im Griff“, verteidigte sich Mihai.

Wütend sprang Elvira auf. „Von wegen ‚alles im Griff‘! Was willst du denn machen, wenn Antanasia hier plötzlich auftaucht und …“

„Jetzt hör aber mal auf“, unterbrach Mihai seine Frau.

Silvania und Daka blickten sich an und rollten genervt mit den Augen. Dass Eltern immer streiten mussten!

„Mama, alles ist gut!“, rief Silvania und stellte sich vor Mihai und Elvira. „Antanasia war längst hier, aber …“

„Wie, was?“, schrie Mihai entsetzt.

„Na ja, sie hat Franz mitgenommen, aber Daka ist sofort hinterher und …“, versuchte Silvania zu erklären.

„Eigentlich war es Silvania, die …“, sprang Daka ein.

„Mit Herrn van Kombasts Hilfe“, ergänzte Silvania.

„Auf jeden Fall ist Franz jetzt in Sicherheit“, fasste Daka die Lage zusammen.

„Und Antanasia ist keine Gefahr mehr“, fügte Silvania hinzu.

„Wie? Ihr wart in Transsilvanien? Allein?“ Elvira sah ihre Töchter entgeistert an. „Das ist … Ogottogottogottogott!“

Mihai lächelte stolz. „Das sind meine Töchter!“

„Ihr tapferen Fledermäuse!“, sagte Elvira und zusammen mit Mihai nahm sie Daka, Silvania und Franz in ihre Arme und alle knuddelten, knutschen und herzten sich, bis Franz so schlimm pupste, dass alle ans Fenster laufen mussten. Aber dort war die Luft fast noch schlimmer.

Hier knutschten nämlich Karlheinz und Karlotta in ihrem Häuschen. Die beiden Schleimtiere waren froh, dass sie sich wiederhatten, und pupsten so erleichtert, dass es knallte.

Hilfe, ein Vampirbaby!

Im Nachbarhaus ging es ganz ähnlich zu, nur dass es besser roch, weil keiner pupste.

Der Vampirjäger wollte seine Ursula am liebsten gar nicht mehr loslassen. Und sein ungeborenes Baby schon gar nicht.

Er streichelte Ursulas dicken Bauch. „Bist du sicher, dass ich nicht lieber hier bei dir bleiben soll?“, fragte er besorgt.

„Ganz sicher. Die Grillfeier bei den Tepes hast du dir verdient, mein Held“, versicherte ihm Ursula.

Herr van Kombast wurde rot und lächelte verlegen. Er wusste ja, dass er ein toller Typ war, aber es so direkt zu hören, war wirklich schön. Noch dazu von der Frau, die er liebte.

Dirk van Kombast zog sein Handy und öffnete die Galerie. Stolz präsentierte er Ursula seine Heldenfotos: An der Grenze zu Transsilvanien. Mit dem Fuß auf der Vampirwache. In der Ahnengalerie des Schwarzen Schlosses zwischen zwei blutrünstigen Herrscherbildern. Mit seinem Vampirgebiss als Vampir. Im Thronsaal auf dem Thron – leider versaute Murdo das Foto durch eine Fratze, also wechselte Herr van Kombast schnell zum nächsten Bild, wo er vor der Flugluke stand. Auf dem letzten Bild sah man ihn Arm in Arm mit Bodo und Izel.

Ursula sah sich alle Fotos gebührend an. Dann

lächelte sie. „Ich bin stolz auf dich. Und jetzt geh schon", sagte Ursula.

„Also gut", Dirk van Kombast seufzte. „Aber nur ganz kurz." Er drückte Ursula einen dicken Kuss auf die Stirn und stand auf.

Ursula betrachtete ihn nachdenklich und hielt ihn kurz an der Hand. „Ach, Liebster, warte doch bitte noch einen Moment", sagte sie. „Es gibt da noch eine klitzekleine Kleinigkeit, die ich dir sagen muss über mich und ... na ja ... unser Kind."

„Jetzt machst du mich aber neugierig", sagte Dirk van Kombast.

Ursula holte tief Luft. Und so erfuhr der heldenhafte Vampirjäger am Ende seines heldenhaften Abenteuers, dass er in eine Vampirin verliebt war und ein Vampirbaby – oder Halbvampir-Baby – bekommen würde. Herr van Kombast gefror das Blut in den Adern, doch sein Herz schlug weiter. Für seine Ursula und für sein Kind. Trinke es, was es wolle. Aber wie sollte er das jemals seiner Mutter erklären? Am Ende wurde die wirklich noch verrückt. Oder er selbst!

Hui!

Gegenüber eröffneten Jacob, Helene und Ludo die Gartenparty. Mihai und Elvira kamen mit den Vampirschwestern aus dem Haus und bewunderten die Deko und das Essen.

„Oh, wie schön!“, rief Elvira begeistert.

„Toll! Ich hab vielleicht einen Hunger!“, ergänzte Mihai und Jacob reichte ihm schnell einen Blutcocktail. Auch Silvania und Daka bekamen rote Cocktails, Elvira einen Sekt.

In dem Moment keuchte es vor dem Zaun. Frau Bönisch, die Sportlehrerin, machte ein paar Dehnübungen und lugte neugierig in den Tepes-Garten hinein.

„Schlotz zoppo, was will die denn hier?“ Silvania spuckte vor Schreck etwas Blut beim Sprechen.

Frau Bönisch winkte fröhlich. „Hallo! Also, ich muss schon sagen, tolle Party! Vampire wissen, wie man richtig feiert, was?“

Familie Tepes erstarrte. Mihai fasste sich als Erster. „Äh, ja …“

Lächelnd kam Frau Bönisch in den Garten. „Und wie haben Sie das gemacht, gestern auf dem Marktplatz?“, fragte sie Mihai. „Das war ganz toll!“

„Äh …“, machte Mihai erneut. Er verstand immer nur Vampire und Marktplatz.

„Das muss ein wahnsinniges Gefühl sein“,

schwärmte Frau Bönisch. „Einfach so abheben und huiii!“

Frau Bönisch blickte sehnsuchtsvoll in den Himmel. „Das müssen Sie mir unbedingt mal zeigen. Kann man das lernen?“, wandte sie sich wieder Mihai zu.

Der starrte die Sportlehrerin mit offenem Mund an. Auch Elvira verstand immer nur Huiii!

„Also, noch ein rauschendes Fest! Tschüssi!“ Frau Bönisch winkte in die Runde und joggte aus dem Garten. Auf dem Lindenweg angekommen, sprang sie hoch in die Luft. „Huiii!“, rief sie euphorisch.

Familie Tepes sah ihr irritiert hinterher.

„Wie, was, wo?“, fragte Elvira verwirrt.

„Sie haben es allen erzählt, Frau Tepes“, erklärte Helene. „Auf dem Marktplatz. Am helllichten Tag, mitten in Bindburg!“

„Ich habe was?“, schrie Elvira entsetzt.

„Dass Ihr Mann ein Vampiiiiiir ist!“ Ludo imitierte Elviras Auftritt auf dem Marktplatz.

„Und Herr Tepes hat dazu eine schöne Flugshow abgeliefert“, ergänzte Jacob die gestrigen Geschehnisse.

„Mama?“ Daka sah ihre Mutter ungläubig an. Hatte sie wirklich gegen ihre eigenen Regeln verstoßen?

Elvira konnte es selbst nicht glauben und schlug die Hände vor den Mund. „Ogottogottogott“, wisperte sie.

„Na, den Leuten hat es ganz gut gefallen“, meinte Helene.

Silvania grinste ihre Schwester an. „Manchmal gehen Wünsche in Erfüllung!“

Daka runzelte kurz die Stirn, doch dann begriff sie, dass jetzt alle wussten, dass sie Vampire waren. Das Versteckspiel hatte ein Ende!

„Boibine! Datiboi! Danke, Mama! Dann müssen wir uns endlich nicht mehr verstecken“, rief Daka begeistert.

Mihai umarmte Elvira und lächelte sie stolz an. „Meine Frau!“ Er küsste sie auf die Wange.

Elvira wusste noch immer nicht, ob sie sich freuen oder schämen sollte.

„Unter Hypnose sind Sie richtig witzig, Frau Tepes!“, sagte Jacob.

Alle kicherten und schließlich lachten sie laut, bis auch Elvira in das Gelächter mit einstieg. Vampire hin oder her, Hauptsache, Franz war nichts passiert.

In dem Moment kam ein Zombie in den Garten. Herr van Kombast war blass wie ein Vampir und wirkte, als hätte er mehrere Hypnosen über sich ergehen lassen. Völlig in Trance nahm er Mihai seinen Blutcocktail aus der Hand und ließ sich damit in eine Hollywoodschaukel fallen.

Mihai beobachtete seinen Nachbarn verwundert, zuckte dann aber belustigt mit den Schultern und auch die anderen starteten mit der Party.

Ludo schmiss ein altes Grammophon an und Musik ertönte.

Die Vampirschwestern schnappten sich ihre Freunde, insbesondere schnappte Silvania sich ihren Jacob, und sie begannen zu tanzen.

Mihai und Elvira sahen ihren Kindern einen Moment zu, dann blickte Mihai seiner Frau tief in die Augen, reichte ihr die Hand und zog sie auf den Rasen.

So tanzten die Familie Tepes und ihre Freunde unter den Lampions bis in die Nacht hinein. Sie tanzten alles bis auf Ringelreihen. Kein einziger Nachbar beschwerte sich über den Lärm. Der einzige, der so etwas normalerweise gemacht hätte, saß bewegungslos auf der Schaukel und wiegte sich hin und her. Bis er auf einmal aufstand und sogar mittanzte! Der Blutcocktail hatte auf den Vampirjäger offensichtlich eine erstaunliche Wirkung.

Einige Windeln später

Herr van Kombast hatte zum Glück noch etwas Zeit gehabt, seinen Schock zu überwinden. Als Ursula dann seine wunderschöne Tochter geboren hatte, ging er ganz auf in seiner neuen Rolle. Er war nicht mehr Vampirjäger, sondern Vampirvater. Ein Mann musste flexibel sein. Dazu gehörte eben auch, dass er täglich beim Metzger einkaufte. Aber für seine zwei Prinzessinnen tat er alles.

Und so stand er mit dem Kinderwagen in der Schlange, in der auch Herr Tepes mit Franz im Buggy wartete.

„Blutwurst, Hackfleisch und Blutsuppe. Lassen Sie es sich schmecken, Herr van Kombast." Der Metzger reichte dem Vampirvater eine riesige Tüte. „Und liebe Grüße an Ihre Frau", fügte der Metzger hinzu.

„Danke, werde ich ausrichten", sagte Herr van Kombast.

„Ein Zipfel Wurst für die Kleine?", fragte der Metzger.

Dirk van Kombast nickte. „Gerne."

Der Metzger reichte ihm ein dickes Stück Blutwurst, das Herr van Kombast dankend entgegennahm. Vorsichtig hielt er es in den Kinderwagen. Ein hungriges Knurren und Fauchen erklang. Erschrocken zog der Vampirvater seine Hand zurück.

„Nein, nein. Nicht den Papa, nur die Wurst!“, sagte er und lachte verunsichert.

Mihai nickte ihm verständnisvoll zu. Aus dem Kinderwagen kamen genüssliche Schmatzgeräusche. „Hat einen kräftigen Biss, die Kleine!“, sagte Mihai anerkennend.

Herr van Kombast lächelte etwas verkrampft. „Oh ja, wir sind auch sehr stolz!“, sagte er.

Dann schoben die beiden Vampirväter ihre Kinder aus der Metzgerei zurück in den Lindenweg, als hätten sie nie etwas anderes getan …

Wörterbuch

Vampwanisch	Deutsch
aboi	bestellen, beziehen, kaufen
Aij!	Autsch!
Azdio!	Tschüss!
Azfugli	Abflug
Batzwutz	Schleimtier
bez	ohne
Biblionyk	Bibliothek
Blenschem	Licht, Schein, Helligkeit
boibine; boi	super, toll, schön
Boibinest	das Beste
Boi Felishnuk!	Herzlichen Glückwunsch!
Boi Fugli!	Guten Flug!
Boi Motra!	Guten Morgen!
Boi Noap!	Gute Nacht!
Boi Roschintaklois!	Frohe Weihnachten!
Boi Searo!	Guten Abend!
Boi Shnuk!	Viel Glück!
Boi venti!	Herzlich willkommen!
bosch	schlagen, hauen
bosch Gumox	Spaß/Quatsch machen
Brachoi	Wälder
bratsch	dick

bratscho	dicker
Breszu	Presssack
bruzsel blogg	Markenname Sonnencreme
Budnyk	tropfsteinähnliche Wohnung der Vampire
Bunkprum	oller Sargpupser
Bux	Buch
cholot	kalt
cholotirrez	erfrieren
Chuman	Mensch
Compotoi	Marmelade
Cronaco	Chronik
daleko	weit, fern
datiboi	danke
delizioso	lecker
Dinmid	Mischung aus Dinner und Mitternachtsessen
dja	für
do	in
doi	im
dongbong	dennoch, aber
Donkor	Schatten
dosch	hinüber
Drops	Gram, Sorge
Dumpz	Stille
elaru	ehren
Enfo	Info
Entro	Eingang, Zugang

entrom	eingeben, hineinstecken
enzerno	ewig
Enzeroi	Ewigkeit
Familoi	Familie
fantazyca	wunderbar, einmalig
fel	fühlen
Fjurez	Flüsse
Flatliac	Fledermaus
Flatsch	Comic-Fledermaus
flatthjerto	beflügelt, inspiriert, himmelhochjauchzend
Frijort	Freiheit
Fugli	Flug
Fugliship	Flugspiele
fuglu	fliegen (ich fliege)
Fumpfs!	Mist! Kacke!
Futor	Zukunft
Fuzel	Dinge, Sachen, Krams, Zeug
Gazetoi	Zeitung
gdo	wo
Gdord	Ort, Stelle
grozliv	schaurig, unheimlich
Grum	Gramm
Grupoi	Gruppe
Grymsk	Müsli
guguplum	verrückt
gulpoi	trinken
Gumox!	Quatsch!
Gurond	Erde, Boden, unten

Hirobyx	Zecke
hittezc/hitte	finden, ich finde
Hoi boi!	Alles paletti!
Hoiczeka!	Ich hab's!
Hospitalnyk	Krankenhaus
Hugla	Hügel
humpf	springen
Hurchloff	Ohren
huzzo	tragen, in sich tragen, haben
Inima/Inimo	Herz
Inimajomki	Freundinnen
Inimajuschka	Freundin
internatiosk	international
itze	das/es ist
je	ich
jesli	wenn
ji	sie
jo	er
jobjei	ihr
jobju	du
jobsche	deine
Joiropa	Europa
Kapoi	Decke, Kopf
Kliento/Klienti	Gast/Gäste
knaps	fast, beinahe, knapp
Knax	Käfer
Kneck	Hals
kolossos	riesengroß, gigantisch

Kolostoi	Berge
Kombo	Band
Kombo milobosch	Lieblingsband
Korso	Verlauf, Abfolge
Krawalleri	Attacke, Angriff
Kremskaja sonza	Sonnencreme
Krötz jobju suchoi Murja!	Mögest du zu Staub verfallen!
kucma	teilen, mitteilen
kulaxar	abhängen
ky	als
labsenv	kommentieren, Meinung sagen, faseln
lenoi	faul
Lenoi mutza Flatliac.	Den Faulen beißt die Fledermaus.
lobir	vermählt
Locaz	Ort
Loi	See
Majuschka	Nähe, Vertrautheit, Freundschaft
Memu	Mahlzeit, Essen
Miloba	Liebe
miloboi	geliebt werden
milobom	wir lieben
Milobom job, Rodna fantazyca!	Wir lieben dich, wunderbare Heimat!
milobosch	Lieblings…
miszniko	vermissen, ich vermisse

mjest	haben
Mobilnoi	Handy
moi	mein, meine, meines, meiner
molli	mehr
Mompf	Snack
Mordadente	Eckzähne
moschny Sangkaps	reich an Blutkörperchen
Motra	Morgen
Mrokbel	Finsternis
Muizyk	Musik
Mule	Tal
Murja	Staub
mutz	beißen
naz	uns, unser
neczo	brauchen
nici	nie
nici doi Viati	nie im Leben
nicimo	nichts
njop	nein
njop Schmonk ug Mumanskis	ohne Duft- und Konservierungsstoffe
och	auch
Odmalo	Hass
oijano	ich sehe
Oije	Augen, Auge
oild	alt
oista	sein, ist
oltim	immer
onu, zoi, trosch	eins, zwei, drei

Ormschk	Wurst
Ormschk Sangu	Blutwurst
Pinlirops	Peinlichkeit, Scham
Pipz	Fotos, Bilder
pitschko	bitte
plakasch	schreien
Plocem	Geburtstag
plus	Plus
pnam	ich möchte
Podeschko	Bühne
Pogotz	Fest, Festival, Party
pogotzo	feiern
Pompfe!	Hilfe!
Porci	Kaninchen
Porci klaperski	Zitterkaninchen, Angsthase
Porci proba	Versuchskaninchen
Portokulator	Laptop
Proba	Versuch
pumflex	verdammt, verflucht
rapedadi	schnell, sofort
rapedosch	kräftig und schnell
raschpel	loben
Rekloim	Werbung
replizco	antworten, erwidern, reagieren
reto	zurück
Rodna	Heimat
Rodnapaga	Homepage, Startseite
Rodnyk	Rathaus

Roihel	Reue, Bedauern
Ropscho!	Okay, na gut!
Roschanta	Weihnachten
Saikato	transsilvanischer Tanz
Sangu	Blut
Sangvalu	Blutwert
Sangwutz	Blutegel
Schjena	Frau
Schlotz zoppo!	Ach du meine Güte! Ach du Schreck!
schmoddel	drücken, liebkosen
Schnappobyx!	Prost!
Schnappobyx Memu!	Prost Mahlzeit!
Searo	Abend
semoi	halb
sjet	seit, ab
Skimmer	Erwartung, Ahnung
skolko	wie viel
Skrump	Trockenfleisch
Skyzati	Entschuldigung
Snapez	Sonderangebot, Schnäppchen
sni	ja
sni boi	ja klar
sniewo	riechen
snijop	vielleicht
snips	verrückt
Stanstuss	Status, Lage, Stand
Sterpel	Knochen
Strunz	Ruhe
subkrupt	kaputtgehen

subkrupt da Hirobyx	vor die Zecke gehen
suchoi	verfallen
sushpektoi	seltsam, komisch
Szef	Chef
tabisi	werden
Theatnyk	Theater
timtam	jetzt
Transsilvania, job enzero oista do Inima naz!	Transsilvanien, du bist für immer in unserem Herzen!
Transsilvania Rodna Inima moi!	Transsilvanien, Heimat meines Herzens!
treptoi	gehen, stapfen, trapsen
Trillicz	Singen, Gesang
Trilliczo	Sänger
tschem	wie
tschemu	wieso, warum
Tschikoto	Mädchenschwarm
Tschilpna	Frühling
tzil	bis
ud	von, vom, heraus
udzap	herunterladen
udzulg	ausverkauft
ug	und
Vampyri semoi	Halbvampire
verso	minus
Viati	Leben

viatschoprette	wiedergeboren, auferstehen, aufleben
Vladder	Lebensweisheit von Onkel Vlad
Wimzitoi	Vitamine
wit	mit
witwoms	voll, voller
woms	satt
wuzsely	bearbeiten, arbeiten
wuzzpogoi	herumtollen
wychod	kommen, herkommen
Wychodo	der Weg
Yoir	Jahr
Yoirbongo	Jahrhundert
zapf	mal
Zensatoi futzi!	supermegawahnsinns-enormsensationell-verblüffendausgezeichnet!
zi	ist gleich
zjom	zum, zu
zlyko	böse
znickick	senden, abschicken, los!
znicnak	verschwunden, weg
Zox	Wut
Zukano	Suche
Zuzelkoi	Insekten
Zweef	Zweifel, Gewissen

Band 7
ISBN 978-3-7855-6846-0

Band 8
ISBN 978-3-7855-7247-4

Band 9
ISBN 978-3-7855-7412-6

Band 10
ISBN 978-3-7855-7682-3

Band 11
ISBN 978-3-7855-7943-5

Band 12
ISBN 978-3-7855-7984-8

Franziska Gehms lustige Reihe für Mädchen ab 10 Jahren begleitet die halbvampirischen Teenie-Schwestern Daka und Silvania durch ihren Alltag mit Eltern und Schule, aber auch durch Abenteuer mit bissigen Fledermäusen und der ersten Liebe. Unterstützt werden die paranormalen Heldinnen von Helene, deren Freundschaft allen Unterschieden, Hindernissen und Gefahren trotzt.

Loewe